© privat

Marliese Arold wurde 1958 in Erlenbach am Main geboren. Sie studierte Bibliothekswesen in Stuttgart und arbeitet seit 1983 als Schriftstellerin. Sie lebt heute wieder mit ihrer Familie in Erlenbach am Main. In der Fischer Schatzinsel sind von ihr nicht nur ›Gespensterpark – Der Geheime Rat der Zwölf‹ (Bd. 80745) und ›Gespensterpark – Die Geheimtür zur Geisterwelt‹ (Bd. 80744) erschienen, sondern auch ›Die Cityflitzer‹ (Bd. 80272), ›Die Cityflitzer voll in Fahrt‹ (Bd. 80314), ›Die Cityflitzer jagen den Computerhacker‹ (Bd. 80302), ›Die Cityflitzer auf Klassenfahrt‹ (Bd. 80326), ›Die Cityflitzer im Liebeswahn‹ (gebunden), ›Sternschnuppe sucht ein Zuhause‹ (Bd. 80349), ›Sternschnuppe reißt aus‹ (Bd. 80348) und ›Pia und Patty‹ (Bd. 80414).

© Fotograf

Barbara Scholz, geboren 1969 in Herford, lernte zunächst den Beruf der Druckvorlagenherstellerin. Seit dem Abschluss ihres Design-Studiums arbeitet sie mit Freundinnen in einem kleinen Atelier und illustriert Kinderbücher für verschiedene Verlage. In der Fischer Schatzinsel hat sie auch ›Gespensterpark – Der Geheime Rat der Zwölf‹ (Bd. 80745) von Marliese Arold illustriert.

Marliese Arold

Gespensterpark

Die Verschwörung der Geister

Mit Illustrationen
von Barbara Scholz

Fischer Taschenbuch Verlag

Fischer Schatzinsel
www.fischerschatzinsel.de

Veröffentlicht im Fischer Taschenbuch Verlag,
einem Unternehmen der S. Fischer Verlag GmbH,
Frankfurt am Main, September 2008

Lizenzausgabe mit freundlicher Genehmigung
des Friedrich Oetinger Verlages, Hamburg

Satz: Pinkuin Satz und Datentechnik, Berlin
Druck und Bindung: CPI – Clausen & Bosse, Leck
Printed in Germany
ISBN 978-3-596-80789-5

Nach den Regeln der neuen Rechtschreibung

Inhalt

Zwurg schmiedet ein Komplott 7

Die Warnung 16

Die Geister schlagen zu 28

Viel Blech und böse Absichten 46

Sophie wird entführt 61

Zwurgs Gefangene 75

Max fasst einen Entschluss 86

Der Geist Maximilian 106

Flucht aus dem Gespensterpark 129

Zwurg schmiedet ein Komplott

»Alle da?«, fragte Zwurg.
Er kauerte auf der Kuppe des Monsterhügels und hatte die Beine angezogen. Sein riesiger Kopf schaute zwischen den Knubbelknien hindurch. Die beiden schielenden Augen waren furchterregend, eines lila, das andere neongrün. Mit ihnen konnte Zwurg gleichzeitig in verschiedene Richtungen sehen – das Ergebnis jahrhundertelanger Übung.
Zwischen den Wolkenfetzen, die über den Himmel jagten, zeigte sich immer wieder der Mond. Sein fahles Licht fiel auf die Gespenster und magischen Geschöpfe, die sich auf dem Monsterhügel versammelt hatten.
Zwurgs Blick wanderte über die anwesenden Kreaturen. Er schmatzte unzufrieden.
»Nur so wenige? Was ist mit den anderen? Haben die etwa die Absperrungen nicht überwinden können? Ich habe mein Bestes getan. Es ist kaum noch Energie auf den magischen Zäunen!«
Das Gemurmel verstummte. Die plötzliche Stille wurde nur von heftigem Zähneklappern unterbrochen. Klirrel, der Schlottergeist, hockte in einer Espe und

zitterte vor Kälte. Frostiger Atem kam aus seinem Mund und aus seiner Nase wuchsen fingerdicke Eiszapfen. Frierend schlug er die Arme um seinen mageren Körper. Wenn Klirrel irgendwo auftauchte, wurde es ringsum eiskalt. Er war ein Kältegeist und stammte aus dem hohen Norden. Vor vier Jahren war er hier im Gespensterpark gelandet. Eigentlich behagte ihm die Gesellschaft der anderen Gespenster nicht besonders, er war eher ein Einzelgänger. Aber Zwurg hatte diese Versammlung einberufen und Klirrel war dem Aufruf gefolgt.

»Ge-geht es jetzt end-endlich los?«, brachte er mühsam heraus. Zwurgs grünes Auge blickte ihn vor-

wurfsvoll an. »Ich ka-kann nichts dafür, das Klaklappern kommt von a-allein ...«
»Hoffentlich friert dir bald der Mund zu!«, grollte Zwurg ungnädig. »Wie viele Kollegen sind da? Durchzählen!«
Das Gemurmel setzte wieder ein.
»Einhundertsieben«, meldete mit dünnem Stimmchen ein kleiner Nachtlauscher. Weil er bei Dunkelheit mühelos die Gedanken anderer Geschöpfe lesen konnte, spürte er, wie aufgeregt die Gespenster ringsum waren. Ihm war ganz wirr im Kopf von all den Eindrücken.

»Hundertsieben«, wiederholte Zwurg. Seine Augen glühten. »Wenn alle mitmachen, kann unser Plan funktionieren.«
»Was hast du vor?«, fragte der Nachtlauscher. In seinem Kopf entstanden plötzlich Bilder von Mauern,

die eingerissen wurden … von Gespenstern, die mühelos über Absperrungen schwebten …
»Ich fordere Freiheit für uns Gespenster«, donnerte Zwurg.
Es wurde schlagartig still.
»Die, die uns hier eingesperrt haben, behaupten, dieser Park sei eine Zuflucht für uns«, fuhr Zwurg fort. »Aber in Wirklichkeit ist er nichts anderes als ein Gefängnis! Können wir uns hier im Park etwa frei bewegen? Nein. Können wir nach Lust und Laune die Menschenwelt besuchen? Erst recht nicht.«

Die Gespenster nickten zustimmend. Magische Tore verhinderten, dass sie den Park verlassen konnten. Eines davon war die *Zerberus-Schleuder* – ein riesiges wachsames Hundemaul.

»So ist es!«, rief ein Kleingeist. Es war ein Ohrenhüpfer, der Menschen ins Ohr schlüpfte und sie dann mit fixen Ideen peinigte. »Das große Maul hat mich gerüttelt und geschüttelt, bis mir alle Fluchtgedanken vergangen sind. Ich war heilfroh, als ich wieder ausgespuckt wurde!«

Von allen Seiten ertönten zustimmende Rufe.

»Genau.«

»Ist mir auch schon passiert.«

»Man sagt, es herrschen schlechte Zeiten für Gespenster und wir seien hier im Gespensterpark besser aufgehoben«, grunzte Zwurg. »Und draußen macht man sich in Geisterbahnen über uns lustig! Es reicht! Die Menschen sollen sich wieder vor uns fürchten!«
»Ja, ja!«, schrie der Ohrenhüpfer begeistert und hopste aufgeregt auf der Stelle. »Sie müssen ordentlich Angst kriegen!«
»Zittern sollen sie vor uns«, piepste der Nachtlauscher.
»Sie sollen eine Gänsehaut nach der anderen bekommen«, schnatterte Klirrel.
Es dauerte lange, bis sich die Gespenster wieder beruhigt hatten und Zwurg weiterreden konnte.
»Es wird nicht einfach sein auszubrechen«, kündigte er an. »Wir müssen ganz überlegt vorgehen. Ihr kennt ja alle den Bannspruch, der über diesem Gespensterpark liegt.«
Und ob die Gespenster den Spruch kannten! Er stand als Kleingedrucktes auf jeder Futtertüte, war mit magischer Schrift auf Türschwellen eingeritzt, auf Kissen, Laken und Handtücher gestickt. Selbst der vergesslichste Geist wurde auf diese Weise mindestens einmal am Tag an den Spruch erinnert. Es war ein mächtiger Zauberbann und bisher hatte kein Gespenst gewagt, ihn zu übertreten.
Klirrel in seiner Espe hörte auf zu schlottern, stell-

te sich in die Zweige und begann ehrfürchtig zu zitieren:

»Auf ewig verflucht
sei der Geist, der versucht,
freundlich zu heucheln,
um heimlich zu meucheln
den Schutzherrn des Parks!«

»Wir wissen es!«, fuhr Zwurg ihn an.
»Entschuldigung, ich wo-wollte doch nur –« Klirrel verstummte und setzte sich eingeschüchtert wieder hin.
»Das bedeutet, dass wir Hartriegel kein Haar krümmen dürfen«, murmelte der Nachtlauscher.
Seit der alte Schlossherr gestorben war, kümmerte sich Amadeus Hartriegel um die Gespenster. Er war ursprünglich als Gärtner und Verwalter eingestellt worden, erfüllte aber seine Aufgabe als Schutzherr des Parks mit großem Pflichtbewusstsein.
»So eng würde ich es nicht sehen«, sagte Zwurg und zwinkerte mit seinen Augen. »Es kommt ganz auf die Auslegung an. Genau genommen verbietet uns der Bann nur, Hartriegel zu meucheln. Nirgendwo steht geschrieben, dass wir ihn nicht ein bisschen ärgern dürfen. Und für die beiden Kinder, die neuerdings hier herumstreunen, gilt der Spruch sowieso nicht.«

»Du willst … du willst dich über den Bann hinwegsetzen?«, fragte der Nachtlauscher atemlos.
»Wir dürfen dem Schutzherrn auch keinen schweren Schaden zufügen«, rief der Ohrenhüpfer aufgeregt.
»Wer redet denn davon?« Zwurg schüttelte seinen dicken Kopf. »Man kann auch mit kleinen Dingen eine große Wirkung erzielen.«
»O, du hast schon einen Plan«, quiekte der Nachtlauscher los. Er hatte Zwurgs Gedanken aufgefangen. »Genial, genial! Du willst Hartriegel einfach mit einer kleinen Nadel piksen …«
»… die ich zuvor in Giftspritzer-Spucke getaucht habe«, ergänzte Zwurg. »Das gibt einen hübschen kleinen Hexenschuss und Hartriegel wird ungefähr eine Woche lang nicht arbeiten können. Dann über-

nehmen die Kinder seine Arbeit, und mit denen machen wir kurzen Prozess.«

Die Gespenster stampften und tobten vor Begeisterung.

»Gute Idee!«

»Ein hervorragender Plan!«

»Dann sind wir endlich frei!«

»Zwurg lebe hoch, hoch, hoch!«

Die Warnung

»Zwurg lebe, lebe hoch«, murmelte Max schlaftrunken.
Da merkte er, dass er aufrecht in seinem Bett saß, schweißnass. Er tastete nach dem Schalter der Nachttischlampe und das Licht ging an. Der Wecker zeigte drei Uhr. Max zitterte am ganzen Leib.
Er hatte einen scheußlichen Traum gehabt.
Ein grässliches Gespenst namens Zwurg hatte sich zum Anführer der Geister im Gespensterpark erhoben. Nun stiftete er die Gespenster dazu an, aus dem Park auszubrechen …
»Gut, dass alles nur ein Traum war«, stöhnte Max.
Er ließ sich erschöpft in die Kissen zurücksinken und schloss die Augen.
»Das war kein Traum«, flüsterte eine Stimme.
Max fuhr wieder hoch. Gehetzt sah er sich um. Da war noch jemand im Zimmer! Ein Einbrecher?
Ob vielleicht einer unter dem Bett lag?
Max beugte sich vorsichtig über die Kante. Nichts. Nur Staub und ein eingedellter Fußball. Trotzdem war Max noch immer beunruhigt. Er kletterte aus dem Bett und schaute in jede Ecke. Er öffnete sogar

den Schrank und schob die Bügel mit den Jeans und Sweatshirts beiseite.

Keine Spur von dem Flüsterer!

Beruhigt legte sich Max wieder ins Bett. Er war überzeugt, dass seine Ohren ihm einen Streich gespielt hatten.

Dann fiel ihm etwas ein.

»Salabim?«, fragte er. »Bist du hier?«

Salabim war ein Lampengeist und er hatte Max und dessen Freundin Sophie einmal sehr geholfen.

Doch Max bekam keine Antwort.

Es hätte ihn auch gewundert. Salabim hatte nämlich seit kurzem ein tolles neues Zuhause. Er wohnte im Schlösschen im Park. Genauer: in dem prächtigen Kronleuchter, der in der Eingangshalle hing. Warum sollte Salabim Leuchter und Schloss mitten in der Nacht verlassen und einige Kilometer durch die Luft schweben, um zu Max zu kommen?

Max knipste das Licht aus. Er hatte kaum die Augen geschlossen, als er wieder das Flüstern hörte.

»Keine Angst, Max«, sagte die Stimme sanft. »Ich bin's, Luisa.«

Max fuhr vor Schreck zusammen. Er kannte keine Luisa!

»Du kannst mich nur hören, wenn deine Augen geschlossen sind«, flüsterte Luisa. »Und sehen kannst du mich sowieso nicht. Ich bin eine Traumflüsterin.

Wir können den Menschen nachts Botschaften überbringen. Ich will dich warnen. Hartriegel, Sophie und du – ihr seid in Gefahr!«

»Du meinst, die Gespenster planen wirklich eine Verschwörung?«, murmelte Max halblaut.

»Genau.« Luisas Stimme klang besorgt. »Im Gespensterpark herrscht schon eine ganze Weile Unruhe. Heute Nacht hat Zwurg eine Versammlung einberufen. Es wird verdammt brenzlig. Du musst Hartriegel Bescheid geben, schließlich ist er unser Schutzherr … Ich kann ihn nicht selber warnen, denn er schläft mit Ohrenstöpseln und da finde ich keinen Zugang …«

Die Stimme wurde leiser und leiser und obwohl Max sich konzentrierte, konnte er Luisa immer schlechter verstehen. Zuletzt erreichten ihn nur noch vereinzelte Satzfetzen.

»Sieh dich vor … Unheil droht … pass auf …«

Dann wurde es still. Luisa war fort.

Max war jetzt hellwach und zutiefst beunruhigt. Er versuchte sich an die Einzelheiten des Traums zu erinnern und bekam richtig Bauchweh, als er an Zwurg und dessen finsteren Plan dachte. Am liebsten wäre er mitten in der Nacht losgeradelt, um Hartriegel zu warnen. Das ging natürlich nicht. Seine Eltern würden bestimmt ein Riesentheater machen, wenn sie ihn dabei ertappten, wie er sich aus der Wohnung schlich. Und was hätte er als Ausrede vorbringen können?

Weder Herr noch Frau Hoppe wussten, dass ihr Sohn in einem Gespensterpark arbeitete. Max hatte ihnen erzählt, dass er und Sophie einem alten Mann bei der Gartenarbeit zur Hand gingen. Und das war nicht mal richtig gelogen …
Ruhelos wälzte sich Max im Bett. Wenn die Gespenster tatsächlich ausbrachen, würde es eine Katastrophe geben. Ihre magischen Kräfte waren unberechenbar und in vielen Dingen waren die Gespenster den Menschen überlegen. Es gab einige, die von ihrer Geisternatur her wirklich böse waren. Andere wiederum waren nur verspielt oder steckten voller Schabernack.
Er musste Hartriegel anrufen. Unbedingt. Wenn es doch schon früher Morgen wäre!

»Aufstehen, Max!« Frau Hoppe klopfte an Max' Zimmertür. Kurz darauf hörte der Junge, wie sie ins Zimmer seiner kleinen Schwester ging.
»Raus aus den Federn, Julia-Schätzchen!«
Max setzte sich auf die Bettkante. Er hatte kaum geschlafen. Der Wecker zeigte Viertel vor sieben. Ob er um diese Zeit schon bei Hartriegel anrufen konnte? Egal! Schließlich handelte es sich um einen Notfall.
Max rieb sich die Augen und ging in den Flur, wo das Telefon stand. Kaum hatte er den Hörer in der Hand, kam Mama an ihm vorbei.
Sie sah ihm prüfend ins Gesicht. »Was ist los, Max? Bist du krank?«
»Nein, hab nur schlecht geschlafen«, murmelte Max. Das fehlte gerade noch, dass sie ihm Bettruhe verordnete. »Muss mal schnell telefonieren.«
Wahrscheinlich dachte Mama, dass Max einen Klassenkameraden anrufen wollte, denn sie fragte nicht nach, sondern verschwand in der Küche.
Trotzdem war Max nicht ungestört. Gerade, als er Hartriegels Nummer wählen wollte, jagte Julia das Zwergkaninchen durch den Flur.
»Aufgepasst! Hier kommt der schnellste Flitzer aller Zeiten!«
Seit einigen Tagen behauptete Julia, Mümmi werde zu dick und brauche mehr Bewegung. Deswegen hatte sie sich ein Trainingsprogramm ausgedacht. Ein

morgendlicher Galopp durch den Flur gehörte offenbar auch dazu.
Genervt zog sich Max mit dem Telefon ins Wohnzimmer zurück. Leider verhinderte das Kabel, dass er die Tür ganz schließen konnte. Er würde leise reden müssen, denn Julia war furchtbar neugierig – vor allem bei Sachen, die sie nicht mitkriegen sollte.
Nach einer halben Ewigkeit wurde am anderen Ende endlich abgenommen. Eine müde Stimme meldete sich: »Hartriegel, hallo?«
»Hier ist Max«, sagte Max. »Entschuldigen Sie, dass ich so früh anrufe, aber ich muss dringend mit Ihnen reden. Die Gespenster planen nämlich einen Aufstand …«
Die Nachricht schien Amadeus Hartriegel weder zu überraschen noch zu beunruhigen.
»Ich weiß, sie langweilen sich schon seit einiger Zeit«, sagte er. »Da kommen sie schnell mal auf dumme Gedanken. Sie kneifen und piesacken sich gegenseitig so sehr, dass man manchmal eingreifen muss. Einige verweigern sogar das Futter …«
»Jedenfalls müssen Sie gut auf sich aufpassen.« Max dämpfte seine Stimme, denn Julia ging gerade an der Tür vorbei. »Luisa hat mich heute Nacht gewarnt. Zwurg hat Schlimmes vor …«
Mümmi schaute um die Ecke, dann hoppelte er zögernd ins Wohnzimmer. Julia folgte ihm.

»Schschsch.« Max machte eine ungeduldige Handbewegung. Seine Schwester sollte verschwinden. Doch Julia dachte nicht daran.
Sie legte sich flach auf den Teppich und versuchte, das Kaninchen aus seinem Versteck unter der Couch hervorzulocken.
»Sie müssen sich in Acht nehmen.« Max wählte seine Worte mit Bedacht. »Mit Zwurg ist vermutlich nicht zu spaßen.«
Julia machte große Augen und sah Max fragend an.
»Ein heimtückischer Kerl«, sagte Hartriegel. »Er ist ein uralter Zwerg, der im Lauf seines Lebens allerlei Bosheiten aufgeschnappt hat. Manchmal versucht

er, sich bei mir einzuschmeicheln, aber ich trau ihm nicht über den Weg.«

Max hätte jetzt gerne die Sache mit der Nadel und der Giftspritzer-Spucke angebracht, aber das war unmöglich, solange Julia zuhörte.

»Keine Sorge, Max«, antwortete Hartriegel am anderen Ende der Leitung. »Ich kenne schließlich meine Gespenster. Und außerdem gibt es ja den Bannspruch. Er verhindert, dass die Geister mir etwas antun.«

Max hätte auch dazu eine Menge zu sagen gehabt. Er schluckte. »Vielleicht sollten Sie besser den GRZ verständigen.« GRZ war die Abkürzung für den *Geheimen Rat der Zwölf*, eine Gruppe von weisen Magiern und Magierinnen.

»Falls es nötig ist, dann werde ich es sicher tun«, meinte Hartriegel und Max glaubte, leichte Ungeduld aus seiner Stimme herauszuhören. »Kommt ihr heute Nachmittag, du und Sophie?«

»Klar«, antwortete Max. »Um drei sind wir da.« Er legte auf und starrte für einen Moment nachdenklich das Telefon an.

Hoffentlich sah sich Hartriegel wirklich vor!

»Zwurg, Zwurg, Zwurg«, sang Julia fröhlich. Sie hatte Mümmi unter dem Sofa hervorgeholt und kniete jetzt erwartungsvoll vor Max. »Was ist das, ein Zwurg?«

»Ein ganz böser Zwerg«, antwortete Max und stups-

te seine Schwester an die Nasenspitze. »Aber du sollst nicht immer lauschen, wenn ich telefoniere.«
»Ich lausche nie«, sagte Julia entrüstet. Gleich darauf fragte sie: »Und wer ist Luisa?«
»Luisa ist – niemand«, antwortete Max und stellte das Telefon in den Flur zurück.
»Niemand«, wiederholte Julia. »Luisa ist niemand! Sie ist wohl deine neue Freundin! Wenn Sophie das erfährt, die rastet aus!«
»Du bist wirklich eine Nervensäge«, zischte Max.
»Frühstück ist fertig«, rief Frau Hoppe in diesem Moment.
Julia trug Mümmi in seinen nagelneuen Stall zurück, lief in die Küche und setzte sich an den Tisch.
»Hast du dir die Hände gewaschen?«, fragte Mama.
Julia schüttelte den Kopf. »Mümmi ist doch sauber.«
»Wie oft muss ich es noch sagen«, schimpfte Frau Hoppe. »Sauber oder nicht – vor dem Essen wäschst du dir die Hände, wenn du das Kaninchen angefasst hast.«
Maulend stand Julia wieder auf.
»Das Gleiche gilt für dich, Max«, sagte Mama.
Max folgte Julia ins Bad.
»Wie sieht ein Zwurg aus?«, fragte Julia, während sie sich die Hände mit Seife einschäumte.
»Grässlich«, antwortete Max und trocknete seine

nassen Hände am Handtuch. »Er hat ein lila und ein grünes Auge, mit denen kann er ganz schrecklich schielen.«
Gemeinsam gingen sie in die Küche zurück.
»Was willst du in den Kindergarten mitnehmen, Julia?«, fragte Herr Hoppe, der schon am Tisch saß und Brote schmierte. »Käse oder Salami?«
»Erdnussbutter.«
»Und was willst du auf dein Schulbrot, Max?«
»Käse.«
Max und Julia quetschten sich hinter den Tisch. Max nahm sich ein Brötchen und bestrich es mit Quittenmarmelade.
»Mit wem hast du vorhin eigentlich telefoniert?« Frau Hoppe blickte Max über den Tisch hinweg an.
»Mit Luisa«, verkündete Julia, bevor Max antworten konnte. »Die ist jetzt seine neue Freundin und Sophie wird bestimmt eifersüchtig.«
Max wurde rot. »Halt doch endlich mal die Klappe. Bei dir hat man echt den Abstellknopf vergessen.« Er leckte einen Klecks Marmelade von seinem Finger. »Ich hab mit Hartriegel geredet. Wegen heute Nachmittag. Sophie und ich sollen um drei Uhr zu ihm kommen, er hat viel Arbeit für uns, Sträucher schneiden und so.«
Er biss ohne großen Appetit in sein Brötchen.

Frau Hoppe machte sich Sorgen. »Du siehst wirklich nicht besonders gut aus, Max. Willst du nicht doch lieber zu Hause bleiben? Ich kann in der Schule anrufen und dich entschuldigen.«
Max lehnte ab. Wenn er nicht in die Schule ging, dann durfte er auch nachmittags nicht aus dem Haus. In diesem Punkt waren seine Eltern ganz streng. Doch Max wollte unbedingt zum Schloss, um sich mit eigenen Augen zu überzeugen, wie ernst die Lage im Gespensterpark war.
Ursprünglich hatte Max mit dem Job nur ein bisschen Geld verdienen wollen. Das war inzwischen nicht mehr der Hauptgrund. Wenn die Eltern wüssten, dass er und Sophie in Wirklichkeit Gespensterpfleger waren! Das war eine spannende, verantwortungsvolle, aber auch gefährliche Aufgabe – doch weder Max noch Sophie hätten mit jemandem tauschen wollen. Sie waren glücklich und stolz, dass ausgerechnet sie diese einmalige Chance bekommen hatten.
Der Traum ließ Max an diesem Morgen keine Ruhe. Er brannte darauf, Sophie alles zu erzählen. Vor lauter Zerstreutheit hätte er fast sein Pausenbrot vergessen. Er war schon halb zur Tür hinaus, als der Vater ihn zurückrief und ihm die Brotbüchse in die Hand drückte.
»Danke.« Max stopfte sein Vesperbrot hastig in den Schulrucksack.

»Du hast es heute aber eilig«, stellte Frau Hoppe fest.
»Klar«, hörte Max Julia von hinten rufen. »Der muss doch zu seinem Zwurg!«

Die Geister schlagen zu

»Jakob?«, schlug Sophie vor, während sie hinter Max her radelte. »Bruno? Schlupps?«
»Find ich alle nicht so gut«, rief Max zurück, bevor er in den Wachholderweg einbog.
Huhu, der Steinerweicher – ein nettes, aber sehr empfindsames Gespenst – hatte die Kinder gebeten, sich einen neuen Namen für ihn auszudenken. Max und Sophie hatten es ihm versprochen, aber bisher war ihnen leider noch nichts Passendes eingefallen.
Eigentlich hatte Max an diesem Tag andere Dinge im Kopf als einen neuen Namen. Aber sie durften Huhu natürlich auch nicht enttäuschen.
»Schuschu«, sagte Sophie plötzlich. »Das klingt ähnlich wie Huhu, aber viel knuddeliger und kuscheliger. Passt genau zu unserem Huhu.«
»Wenn er nicht gerade flennt«, sagte Max und bremste ab, denn sie waren fast am Ziel.
»Bin gespannt, was Huhu dazu meint.« Sophie sprang vom Rad. »Upps! Wo ist denn heute das Tor?«
Vor ihnen erstreckte sich eine lange, undurchdringliche Hecke.
Max wusste, dass das Tor mit der Nummer 29

manchmal verschwinden konnte. Sophie hatte es auch schon einmal erlebt.
»Wir sind wahrscheinlich zu früh dran.« Max warf einen Blick auf seine Armbanduhr. »Zehn vor drei. Hartriegel rechnet noch nicht mit uns.«
Trotzdem stieg ein mulmiges Gefühl in ihm hoch. War etwas passiert? Vielleicht hatten die Gespenster schon angefangen, ihren Plan in die Tat umzusetzen …
Sophie stieß Max aufmunternd in die Rippen. »Jetzt mach kein solches Gesicht. Stell dir nicht gleich wieder das Allerschlimmste vor! Darin bist du ja Meister. Komm mit, wir gucken, ob wir irgendwo einen Durchschlupf finden.«
Nachdem sie ihre Räder abgeschlossen hatten, gingen sie die Hecke entlang und kontrollierten, ob die Büsche tatsächlich überall ganz dicht nebeneinanderstanden. Sophies scharfen Augen entging nichts. Nach wenigen Metern blieb sie stehen und deutete auf eine Stelle in Kniehöhe. »Hier.«
Max sah ein kleines Loch, höchstens groß genug für eine Katze. »Da passen wir nie durch.«
Sophie ließ sich nicht beirren. »Der Busch da sieht aus, als hätte er im Winter zu viel Frost abbekommen, er ist ganz dürr.« Sie brach mit Leichtigkeit einen Zweig ab. Dadurch wurde das Loch gleich ein Stück größer.
»Hartriegel ist bestimmt nicht begeistert, wenn wir

die Hecke beschädigen«, wandte Max ein. »Außerdem kann dann auch jeder andere rein.«
»Wenn die Gespenster wirklich so fiese Sachen planen, dann ist es Hartriegel sicher egal, ob hier ein kleines Loch ist oder nicht«, erklärte Sophie und machte Anstalten, durch die Hecke zu schlüpfen. »Was ist jetzt? Kommst du mit oder bleibst du lieber hier draußen?«
Was für eine Frage! Max zwängte sich hinter Sophie durch das Loch. Ein Zweig verhakte sich in

seiner Anoraktasche und Max hing einen Augenblick fest.
»Nicht gerade der allerbequemste Weg.« Er richtete sich auf und schob die Zweige wieder zusammen, damit das Loch weniger auffiel. Dann folgte er Sophie. Sie war schon ein Stück vorausgegangen. Jetzt erkannte Max, wo sie gelandet waren – im hinteren Teil des Parks, ganz in der Nähe der Familiengruft der *von Fleuchs*.
»Sieht nicht so aus, als würde es hier im Park schon von Gespenstern wimmeln«, stellte Sophie fest, als sie den Weg zu dem kleinen Schlösschen einschlugen.
»Die können sich unsichtbar gemacht haben«, meinte Max und blickte sich misstrauisch um. Aber auch er konnte nichts Ungewöhnliches entdecken. Der Park sah sogar noch schöner aus als sonst. Die Rasenflächen hatten sich mit einem frischen Grün überzogen, die Krokusse leuchteten in aller Pracht und überall waren die Anzeichen des Frühlings zu spüren. Vor ihnen lag das romantische Schlösschen – ein friedlicher Anblick. Die Sonne beleuchtete das Gebäude, es wirkte freundlich und fast ein wenig verschlafen …
Max dachte darüber nach, wie es wäre, wenn der eigentliche Erbe des Schlossparks gar nicht mehr auftauchen würde. Jonathan von Fleuch war der Sohn des verstorbenen Schlossherrn und es hieß, dass er sich zurzeit irgendwo in Amerika aufhielt. Solange

er nicht da war, lag die Verantwortung für den Gespensterpark bei Amadeus Hartriegel. Irgendwann würde Hartriegel seine Aufgabe sicherlich ganz abgeben wollen. Max überlegte. Ob er und Sophie dann die Sache übernehmen könnten? Dann würden sie im Schloss wohnen und sich den ganzen Tag um die Gespenster kümmern. Nicht der allerschlechteste Beruf!

»Das sieht zu friedlich aus«, sagte Sophie dumpf und riss Max damit aus seinen Gedanken. »Da ist was oberfaul, darauf kannst du Gift nehmen!«

»Sag ich ja die ganze Zeit«, stimmte Max ihr zu. Das mulmige Gefühl in seinem Bauch wurde stärker.

»Glaubst du, die Gespenster sind schon ausgebüxt?«, fragte Sophie. »Aber sie können doch nicht so einfach aus dem Gespensterpark raus. Die Tore sind schließlich extra stark geschützt ...«

»Es gibt bestimmt eine Menge clevere Kerlchen, die magische Schlösser knacken können und auch sonst noch etliche Tricks auf Lager haben«, sagte Max überzeugt.

Schweigend und voller Befürchtungen stiegen die beiden Kinder die Schlosstreppe hinauf und öffneten die Flügeltür. Zunächst war niemand zu sehen. Doch kaum hatten Max und Sophie die große Halle betreten, geriet der Kronleuchter über ihren Köpfen in Bewegung. Die unzähligen funkelnden Plättchen

klirrten leise. Dann sprang der Lampengeist Salabim aus dem Leuchter und landete direkt vor ihren Füßen.
Er riss sich den Turban vom Kopf und drehte ihn voller Verzweiflung in den Händen.
»Endlich seid ihr da, endlich!«, rief er. »Es stinkt zum Himmel vor lauter Unheil!« Er hielt sich die Nase zu und rollte mit den Augen.
Max und Sophie wussten, dass Salabim es riechen konnte, wenn Böses in der Luft lag. Allerdings übertrieb der Lampengeist manchmal auch ganz schön.
»Wir haben leider keine so empfindliche Nase wie du«, meinte Sophie. »Was ist denn passiert?«
»Ach, ach, ach!«, jammerte Salabim. »Hartriegel hat's erwischt. Der Ärmste ...«
Max wurde kreidebleich. »Ist er –«
»Ja, ja!«, stöhnte Salabim, fiel auf die Knie und rang die Hände, während sein Turban quer durch die Eingangshalle kullerte. »Kreuzlahm ist er! Auf den Knien ist er vorhin die Kellertreppe raufgekrochen. So.« Er machte es vor. »Er kann kaum stehen, solche Schmerzen hat er. Ach, ach, ach!«
»Hexenschuss«, sagte Max. »Das war die Giftspritzer-Spucke!«
»Wie?«, wunderte sich Salabim. »Du weißt Bescheid?« Er schnappte seinen Turban, setzte ihn sich auf den Kopf und kam wieder auf die Füße.

Auf dem Weg zu Hartriegels Büro berichtete Max, was er in der Nacht erfahren hatte.
»Pfui Geier, was für ein heimtückischer Plan!«, stieß Salabim entrüstet aus. »Wie hundsgemein!«
Max klopfte an die Bürotür.
Niemand sagte »Herein!« Stattdessen war ein Schniefen und Schluchzen zu vernehmen. Entschlossen drückte Max die Klinke herunter.
Hartriegel lag bäuchlings auf dem Fußboden – unter sich ein karges Polster aus vielen alten Socken. Huhu, der Steinerweicher, hockte auf seinem Rücken, knetete und streichelte ihn unentwegt und schluchzte dabei zum Steinerweichen.

Zum Glück richteten seine Tränen auf dem Holzfußboden keinen Schaden an. Einige waren jedoch auch an die Wand gespritzt. Und weil Huhus Tränen jegliche Art von Gestein auflösten, sah die Wand aus, als hätte dort jemand mit der Bohrmaschine unzählige Löcher gebohrt.

»Armer, armer Herr Hartriegel ... Huhu hat so großes Mitleid ... möchte gerne helfen! Tut es noch immer weh?«

»Ja, verdammt!«, ächzte Hartriegel. »Wenn diese verflixten Kinder endlich auftauchen würden, dann könnte ich sie wenigstens zur Apotheke schicken, damit sie mir eine Salbe holen. Aber diese unzuverlässigen –«

»Hallo, hier sind wir«, sagte Sophie laut.

Huhu hörte auf zu weinen und schaute erleichtert zur Tür. Auch Hartriegel drehte mühsam den Kopf.

»Na endlich«, murmelte er mit schmerzverzerrtem Gesicht. »Wird auch Zeit!«

Der Vorwurf traf Max und Sophie zu Unrecht, denn sie hatten sich nur ein bisschen verspätet, und das auch nur wegen des fehlenden Eingangs.

»Das Tor war nicht da«, erklärte Max. »Wir mussten durch die Hecke kriechen.«

»Ach ja, dann hab ich wohl vergessen, das Tor zu öffnen«, brummte Hartriegel. »Ist auch kein Wunder. Bei den Schmerzen wird man ja wahnsinnig!«

Er wollte sich aufrichten, aber gab es schon nach dem ersten Versuch auf. Max und Sophie zogen ihn vorsichtig hoch. Stöhnend kam Hartriegel auf die Füße. Sophie schob ihm schnell einen Stuhl hin, damit er sich setzen konnte. Krumm und schief hockte Hartriegel auf dem Stuhl. Er sah ganz bleich aus.

»Sie gehören ins Bett«, stellte Sophie fest.

»Das ist im ersten Stock«, sagte Hartriegel. »Es graut mir vor der Treppe. Deswegen hat Huhu hier ein Lager für mich gebaut.«

Huhu nickte eifrig, dann begann er wieder zu heulen. »Aber leider hat es gar nichts genützt, er hat ja noch immer so-hol-che Schmerzen …«

»Komm her.« Sophie breitete einladend ihre Arme aus und der Steinerweicher sprang sofort hinein. »Ich hab einen neuen Namen für dich. Wie gefällt dir Schuschu?«

»Schuschu«, wiederholte das kleine Gespenst. Dann strahlte es übers ganze Gesicht und schmatzte Sophie mindestens zehnmal ab. »Schuschu ist schön …«

»Vielleicht geht jetzt mal einer zur Apotheke«, brachte sich Hartriegel in Erinnerung. »Ich brauche Schmerztabletten und eine Salbe gegen Hexenschuss.«

»Es wäre besser, Sie würden einen Arzt kommen lassen«, meinte Sophie.

Doch davon wollte Hartriegel nichts wissen. Er gab ihr Geld, damit sie ihm die Medikamente besorgte.

Max beobachtete interessiert, wie Hartriegel einen fünfzackigen Stern auf die Schreibtischplatte zeichnete. Er begann an der oberen Spitze und benutzte beide Zeigefinger gleichzeitig – eine flinke und gleichzeitig geheimnisvolle Geste. Dabei murmelte er: »*Fiat porta!*«

»Das Tor ist offen«, verkündete Hartriegel gleich darauf.

Max beschloss, sich Zeichen und Spruch genau zu merken. Vielleicht würde es ihm eines Tages nützlich sein.

»Soll ich mitkommen?«, fragte Max, als Sophie das Büro verlassen wollte.

»Die Salbe kann ich schon noch allein tragen.« Sie grinste und verschwand.

»Du kannst mir die Treppe hinauf helfen«, sagte Hartriegel zu Max. Er wollte aufstehen, sank aber wieder in sich zusammen. »Himmeldonnerwetter, es geht nicht!«

Max wollte ihn am Arm fassen, um ihm zu helfen, aber Hartriegel stieß den Jungen grob zurück. »Lass mich alten, gebrechlichen Kerl gefälligst in Ruhe!«

Erschrocken trat Max zur Seite. So unfreundlich war Hartriegel noch nie gewesen! Waren die Schmerzen daran schuld? Oder hatte ein Gespenst Hartriegels Gestalt angenommen?

Erst kürzlich waren Max und Sophie auf einen fal-

schen Hartriegel hereingefallen und dadurch in eine gefährliche Situation geraten. Max war daher gewarnt. Er sah den alten Mann misstrauisch an.
Da beugte sich Salabim plötzlich vor, griff an Hartriegel vorbei in die Luft und schloss triumphierend seine Hand.
»Ha! Ich hab ihn! Dacht ich's mir doch, dass hier so ein kleiner Wicht sein muss!«
Wenige Sekunden später wurde in Salabims Hand ein Jähzornling sichtbar. Das kleine violette Gespenst hatte eine flache Nase und spitze Zähne. Es wehrte sich heftig gegen die Gefangenschaft, verdrehte die Augen und schnitt entsetzliche Grimassen. Zuletzt streckte es die gespaltene Zunge weit aus dem Maul und ließ sie nach links und rechts baumeln.
»Ein Kleingeist«, sagte Hartriegel überrascht. »Der ist aus dem Gespensterpark entwischt! Lass ihn auf keinen Fall los, Salabim!« Er wies Max an, einen Käfig und eine Decke aus dem Nebenraum zu holen. Kaum war der Plagegeist eingesperrt, klebte er am Gitter, hüpfte hin und her und tobte. Er wurde erst ruhiger, als Max die Decke über den Käfig legte.
Hartriegel schien wieder der Alte zu sein, zwar schmerzgeplagt, aber geduldig und sanft.
»Der Jähzornling muss mich im Gespensterpark angesprungen haben, ohne dass ich es gemerkt habe«, sagte er. »Vor lauter Schmerzen wusste ich ja weder

ein noch aus. Ich wollte den Gespensterpark nicht durch die *Zerberus-Schleuder* verlassen, weil ich dann in der Eingangshalle auf meinem Hintern gelandet wäre ... Schrecklicher Gedanke! Deswegen habe ich ein anderes Tor benutzt – eines, das leider nicht ganz sicher ist ... «

»Was für ein Tor?« Max' Herz klopfte schneller. Hatten die Gespenster ihrem Plan schon wahr gemacht? Hartriegel hatte ihm immer wieder versichert, dass kein Gespenst so einfach aus dem Park entwischen konnte.

»Als vor Jahrhunderten der Gespensterpark geschaffen wurde, gab es zunächst nur ein Tor«, sagte Hartriegel. »Es befindet sich im Schlangenfelsen und man öffnet es mit einem Zauberspruch. Danach muss man durch einen langen Tunnel gehen, der in den Schlosskeller führt. Dort gibt es eine zweite Tür. Tor und Tür enthalten zwar einen Gespensterfilter, der die großen Geschöpfe zurückhält, aber gegen Kleingeister oder Rauchgespenster nützt er nichts. Man muss höllisch aufpassen, wenn man diesen Weg benutzt – und deswegen nehme ich ihn nur ganz selten.« Er verzog das Gesicht. »Es ist mir sehr peinlich, dass ich den Jähzornling nicht bemerkt habe! Der GRZ wird mir eine Ermahnung wegen grober Fahrlässigkeit erteilen, wenn er es erfährt …«

Hartriegel versuchte noch einmal aufzustehen, aber er sank wieder zusammen. »O weh, ich schaffe es bestimmt nicht in den ersten Stock. Ihr müsstet einen Kran besorgen!«

»Ich könnte das Bett herunterholen«, schlug Salabim vor.

Hartriegel blickte zu ihm auf. »Kannst du das?«

»Kein Problem.« Salabim reckte sich ein wenig, sodass seine durchscheinende Gestalt noch größer und mächtiger wirkte als sonst. »Ich muss nur wissen, wo das Bett steht.«

Hartriegel erklärte es ihm.

»Komm, Huhu«, forderte Salabim den Steinerwei-

cher auf. »Du kannst dich nützlich machen. Das ist besser, als ständig rumzuflennen.«
Max zuckte innerlich zusammen. Manchmal heulte der empfindsame Steinerweicher schon los, wenn man ihn nur auf seine Schwäche aufmerksam machte.
Aber zu Max' Erleichterung fing das kleine Gespenst diesmal nicht an zu weinen.
»Huhu heißt jetzt Schuschu«, sagte der Steinerweicher mit wichtiger Miene. »Und Schuschu kommt mit, weil er will, dass Herr Hartriegel gut schlafen kann.« Und er stiefelte hinter Salabim zur Tür hinaus.
»Wirklich ein liebenswerter Kerl«, bemerkte Hartriegel. »Ich hoffe sehr, dass er mit der Zeit lernt, sich etwas zusammenzunehmen, damit ich nicht dauernd Angst um den Marmor haben muss.«
Max hockte sich auf den Schreibtisch. Er musste jetzt unbedingt mit Hartriegel reden. Dem Alten war offenbar nicht klar, wie ernst die Situation war.
»Sehen Sie, der erste Teil von Zwurgs Plan hat schon funktioniert«, begann Max. »Der Hexenschuss war ein Anschlag auf Sie. Man hat eine Nadel in Giftspritzer-Spucke getaucht und dann –«
Doch Hartriegel ließ ihn gar nicht ausreden. »Du hast ja wirklich mächtig viel Fantasie, Junge«, sagte er. »Auf die Idee, dass man dafür Giftspritzer-Spucke benutzen kann, wäre ich selber nicht gekommen.«
Trotz seiner Schmerzen lachte Hartriegel.

»Aber es war wirklich ein Anschlag«, beharrte Max.
»Hör zu, ich hab mir das Kreuz verrenkt, als ich gerade die Raubrittergeister versorgen wollte«, beharrte Hartriegel. »Ich bin eben nicht mehr der Jüngste, da reicht manchmal schon eine falsche Bewegung. Und dass ich neulich tiefgefroren wurde, hat meinem Rücken bestimmt auch nicht gut getan.«
Mit Schaudern erinnerte sich Max, wie Hartriegel ein Eisklotz gewesen war. Der *Geheime Rat der Zwölf* hatte ihn auftauen müssen. Zum Glück hatte Hartriegel das Abenteuer ohne größeren Schaden überstanden.
»Es liegt nicht am Eis«, widersprach Max. »Die Gespenster haben Sie mit einer Nadel ins Kreuz –«
In diesem Moment ging in der Halle ein lautes Gepolter los.
Hartriegel vergaß seine Schmerzen und sprang auf. »Autsch, verdammt!« Dann schrie er aufgebracht: »Salabim, du solltest das Bett bringen! Niemand hat dir aufgetragen, dabei gleich das ganze Schloss kaputtzumachen!«
»Nichts weiter passiert«, rief Salabim von draußen zurück. »Das Bett ist nur ein bisschen über die Stufen geschleift.«
Kurz darauf standen die beiden Geister mit dem Bett vor dem Büro.

»Passt es überhaupt durch die Tür?«, wollte Hartriegel wissen.
»Kein Problem«, sagte Salabim und drehte das Bett hochkant.
»Echt kein Problem«, wiederholte Schuschu und fasste von unten an, während das Bettzeug über seinen Kopf rutschte. Das Bett polterte mit dem Pfosten gegen die Türkante. Hartriegel verzog das Gesicht.
»Nichts passiert, die Tür ist noch heil«, meinte Sala-

bim und stellte das Bett im Büro ab. Max befreite Schuschu von dem Bettzeug. Es war jetzt sehr eng im Raum. Salabim schüttelte sofort das Kissen und die Bettdecke auf.
»Dann werde ich in der nächsten Zeit hier schlafen.« Hartriegel seufzte. »Ich hätte nie gedacht, dass ich meine Nächte mal im Büro verbringen muss.«
Max half ihm, sich ins Bett zu legen. Kurz darauf kam Sophie mit den Medikamenten zurück. Sie rieben den alten Mann am Rücken ein und Max besorgte ein Glas Wasser, um eine Schmerztablette darin aufzulösen.
»Danke.« Hartriegel trank. »Ihr seid wirklich sehr nett. Was würde ich nur ohne euch machen!«
Max und Sophie grinsten verlegen.
»Tun wir doch gerne«, sagte Sophie.
»Jetzt müsst ihr noch die Raubrittergeister und die Gespenster der Abteilung vier versorgen. Damit bin ich nicht fertig geworden. Und den Jähzornling könnt ihr auch mitnehmen und wieder in seinen Käfig setzen.« Hartriegel ächzte, als er den großen Schlüsselbund aus seiner Hosentasche zog. »Hier.«
»Okay.« Sophie nahm die Schlüssel an sich.
Sie und Max waren schon an der Tür, als Hartriegel sie zurückrief.
»Es gibt noch einen Weg in den Gespensterpark.« Er blinzelte die beiden Kinder an. »Ganz oben im Schloss

findet ihr eine Toilette. DEFEKT, steht darauf, aber das soll euch nicht stören. Ihr müsst nur an der Kette ziehen, dann kommt ihr direkt ins Raubritterhaus. Lasst euch von den Gespenstern dort keine Angst machen. Viel Blech und nichts dahinter!«
»Alles klar«, sagte Max und packte den Käfig mit dem Jähzornling. »Bis später.«

Viel Blech und böse Absichten

Max und Sophie waren schon auf der Treppe, als sie merkten, dass Salabim und Schuschu ihnen folgten. Sophie drehte sich um und fragte: »Was wollt ihr denn?«
»Euch beschützen«, erklärte Salabim ganz selbstverständlich. »Die Abteilung vier ist nämlich sehr gefährlich.«
Schuschu nickte.
Max seufzte ein bisschen. Er fand es nett, dass Schuschu und Salabim ihre Unterstützung anboten – obwohl er Zweifel hatte, ob die beiden Gespenster wirklich helfen konnten. Mit der Abteilung vier war nicht zu spaßen, das wusste Max. Er und Sophie hatten vor den Gespenstern dort großen Respekt. An jedem Gehege waren Warnungen und Hinweise angebracht, die man genau befolgen musste. Sie hatten diese Gespenster noch nie versorgen müssen. Bisher hatte sich Hartriegel immer um die Abteilung vier selbst gekümmert.
Die beiden Kinder stiegen die Treppe bis in den zweiten Stock hinauf. An der Tür des großen Konferenzsaals blieb Sophie stehen. Dahinter hatte vor kurzem

die Versammlung des *Geheimen Rats der Zwölf* stattgefunden. Es wäre Sophie viel lieber gewesen, wenn Hartriegel Max' Vorschlag angenommen und den Geheimen Rat wegen der Gespensterverschwörung verständigt hätte. Doch der Alte konnte manchmal stur sein.

»Wir müssen noch weiter«, meinte Max und deutete auf eine hölzerne Wendeltreppe am Ende des Flurs. »Ganz oben, hat Hartriegel gesagt.«

Die alten Stufen knarrten unter ihren Füßen. Das Treppenhaus war eng. Nach zwei Windungen erreichten sie eine Tür. Daran war ein Löwenkopf angebracht, genau wie an der Eingangstür des Schlosses. Statt eines Eisenrings hatte er eine Schnur im Maul. Daran hing ein Schild: DEFEKT.

»Hier ist es«, sagte Sophie mit belegter Stimme. In ihrem Bauch schienen Tausende von Ameisen durcheinanderzukrabbeln. Vorsichtig öffnete sie die Tür. Die Angeln quietschten und sie betraten eine uralte Toilette. Der Boden war schwarzweiß gefliest, die Kloschüssel hatte einen Sprung und von der Decke hing eine schwere, rostige Kette.

»Komisches Tor«, sagte Max. Der Jähzornling kicherte frech unter seinem Tuch.

Sie standen nah beieinander in dem winzigen Raum, der nur ein kleines, fast blindes Fenster dicht unter der Decke hatte.

Salabim begutachtete die hässliche, gelbe Glaslampe. »Keine schönes Zuhause für einen Lampengeist«, murmelte er. »Da lob ich mir meinen Kronleuchter.«

»Und jetzt?« Sophie sah Max fragend an. »Soll ich an der Kette ziehen?«

Max nickte.

Sie streckte ihre Hand aus, berührte die rostigen Kettenglieder und zog. Max hielt den Atem an.

Zunächst tat sich gar nichts. Dann vernahmen sie tief unter ihren Füßen ein unheimliches Gurgeln, das langsam anschwoll. Das Geräusch wurde laut und lauter, wurde zu einem Grollen. Sophie, die die ganze Zeit die weißgekalkte Wand angestarrt hatte, entdeckte mit Schrecken, dass dort ein gewaltiges Löwenmaul erschien – genau wie an den beiden anderen Wänden links und rechts.

Im gleichen Moment sackte der Boden ab und es ging rasend schnell in die Tiefe. Sophie klammerte sich an Max und Schuschu an Sophie, während sich Salabim die Augen zuhielt und laut jammerte: »Oberfauler Zwetschenzauber, ist mir schwindlig!«

Rumms! Da waren sie schon unten und hatten wieder festen Boden unter den Füßen – dicke, grobe Pflastersteine. Sophie machte sich taumelnd von Max los. Dann sah sie sich neugierig um. Sie waren in einem Burghof gelandet, direkt neben einem

Ziehbrunnen. Der hatte eine genauso dicke rostige Kette, wie sie Sophie eben noch in der Hand gehabt hatte.
Vor den Kindern ragte ein mächtiger Burgturm auf. In einem der Fenster erschien ein Ritterfräulein und winkte ihnen mit einem blauen Tuch zu. Dann ließ es das Tuch fallen. Es segelte taumelnd durch die Luft.
Im selben Moment donnerten von links Hufe übers Pflaster. Ein riesiges Schlachtross galoppierte heran, darauf saß ein Ritter in voller Rüstung. Kurz bevor das Tuch den Boden erreichte, hatte er es mit seiner Lanze erwischt und hielt es triumphierend in die Höhe.
»Meins!«, verkündete er

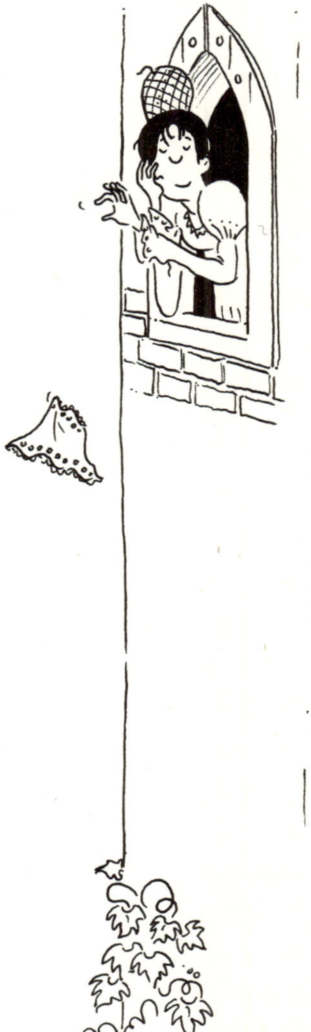

laut, aber schon preschte von der anderen Seite ein zweiter Ritter heran, der es ebenfalls auf das blaue Tuch abgesehen hatte.
»Das wollen wir doch mal sehen!«, dröhnte er.
»Nichts wie weg hier«, zischte Max Sophie zu. »Solange die Raubrittergeister kämpfen, sind sie beschäftigt.« Er packte sie am Arm und zog sie unter einen Torbogen. Salabim und Schuschu folgten.
Kaum standen sie darunter, sauste von oben ein Fallgitter herab und rastete klirrend in die Verankerung ein.
Sophie zuckte zusammen.
»Alles in Ordnung?«, fragte Max besorgt.

Sophie nickte. Der Schreck war ihr so in die Glieder gefahren, dass sie noch immer weiche Knie hatte. Salabim dagegen studierte schon eine Tafel, die an der rauen Steinwand im Torbogen hing – der jetzt gar kein Torbogen mehr war, sondern ein ganz normaler viereckiger Eingang.
»Hm ... hat sich irgendwie verwandelt«, brummte Max und berührte die Wand. »Sieht nicht gerade mittelalterlich aus ...«
Die Kinder stellten sich neben Salabim, um ebenfalls zu lesen, was auf der Tafel stand.

RAUBRITTERHAUS:

Berengar und Eginhard – Raubrittergeister;
Alter: ca. ein Jahrtausend.
Um die Geister zu beschäftigen, werden sie in einer Scheinburg gehalten, die alles bietet, woran die Geister gewöhnt sind. Das Aussehen der Burg wechselt wöchentlich, damit es den Geistern nicht zu langweilig ist. Auch gibt es sieben verschiedene Burgfräulein, um deren Gunst sich die beiden Ritter streiten.
Ein starker Zauber ist nötig, um die Scheinburg aufrechtzuerhalten.

»Eine Scheinburg«, sagte Sophie verwundert. »Also ist sie gar nicht echt, sondern sieht nur so aus ...«
»Ein magischer Kulissenzauber«, sagte Max und

spähte noch einmal durch das Fallgitter. Man hatte wirklich den Eindruck, in einen mittelalterlichen Burghof zu blicken.
»Hier steht noch mehr«, meinte Salabim, der eine zweite Tafel entdeckt hatte.

Die Geister sehen aus wie leere Ritterrüstungen. Aber Vorsicht! Nicht unterschätzen! Die Rüstungen sind GESPENSTER!! Je nach Laune kann so eine Rüstung glühend heiß oder eiskalt sein. Außerdem kann Lachgas ausströmen, sobald sich das Visier öffnet. Dass sich Pfleger schon totgelacht haben sollen, ist aber nur ein Gerücht.
Auch bei den Geisterpferden – Fulmen und Fragor – muss man vorsichtig sein. Ihre Hufe können Feuerspuren oder Wasserläufe verursachen. Die Rosshaare sollten sorgfältig gesammelt werden, sie sind wichtige Zauberzutaten. Achtung mit den Pferdeäpfeln. Sie sind explosiv – daher nicht werfen!

»Puh«, sagte Max, nachdem er den Text gelesen hatte. »Gar nicht so ohne, die Ställe auszumisten.«
»Hm«, machte Sophie. »Und was müssen wir jetzt tun?«
»Wahrscheinlich füttern und so.« Max hatte eine Tür entdeckt. Sophie gab ihm den Schlüsselbund. Nach dem dritten Versuch sprang die Tür auf und sie be-

traten einen kleinen Geräte- und Vorratsraum. Darin stand ein großer Kühlschrank. Sophie wunderte sich, dass es in dieser magischen Welt, die hauptsächlich von Zauber regiert wurde, auch ganz normale Dinge gab. An der Wand neben dem Kühlschrank klebte ein bedruckter Zettel.

Speiseplan Raubrittergeister für März:
Einmal täglich pro Gespenst
300 g geräucherter Einhornschinken oder
300 g verschimmelter Käse – ohne Löcher
(wichtig, weil die Geister von Käselöchern Schluckauf bekommen) oder
1 Dose Heuschreckensuppe
Getränke:
Leitungswasser mit einem Schuss Rostschutzmittel
Malzbier
Mitternachts-Cola
Dessert:
1 Portion geröstete Drachenchips mit Paprika
1 Becher Ziegenmilchreis
1 Granatapfel

»Mal sehen, was da ist«, murmelte Max und öffnete den Kühlschrank, während Sophie in den anderen Schränken nachsah, ob es irgendwo Geschirr und Besteck gab. Sie stieß auf eine Obstkiste mit mindestens

zwanzig leicht angerosteten Dosen, auf denen grüne Heuschrecken abgebildet waren.

»Die mag ich nicht aufmachen«, sagte sie angewidert.

»Das ist Hartriegel wohl genauso gegangen«, meinte Max. »Sieht so aus, als stünden die Dosen schon eine ganze Weile herum.«

»Wenn ihr wollt, helfe ich euch«, bot sich Salabim an. »Ich kann prima Dosen öffnen.«

»Wirklich nett von dir«, antwortete Max. »Aber

ich glaube, wir nehmen lieber den Käse.« Er zog einen grünen, schimmeligen Käselaib aus dem Kühlschrank. »Wie viel sind 300 Gramm?« Er wog den Käse in der Hand.
»Ungefähr so viel wie ein Stück Butter«, erwiderte Sophie. Sie hatte inzwischen Blechteller und Besteck gefunden. Während Max zwei große Käsestücke absäbelte, fragte sie:
»Glaubst du wirklich, es werden echte Einhörner geschlachtet, nur damit die Raubrittergeister was zu futtern haben?«
»Keine Ahnung«, sagte Max. »Im Kühlschrank war nur Käse. Und jede Menge Ziegenmilchreis.«
Sophie legte die beiden Käsestücke auf die Blechteller. Dann stellte sie jeweils einen Becher Ziegenmilchreis samt Löffel dazu. Max hatte inzwischen zwei Flaschen Malzbier geöffnet, die er ebenfalls im Kühlschrank gefunden hatte. Alles kam auf ein Tablett.
»Und wohin damit?« Sophie sah sich suchend um. Im Raum gab es noch eine weitere Tür. Das Mädchen schob den Riegel zurück und drückte die Klinke nieder. »Der Pferdestall …«
Vorsichtig betraten die beiden den Stall – bereit, beim ersten Anzeichen der Gefahr umzukehren und die Tür hinter sich zuzuknallen.
»Es riecht … es riecht nach Unheil«, verkündete

Salabim düster. Der Lampengeist war ihnen gefolgt. Schuschu lugte zwar in den Stall hinein, beschloss aber, lieber draußen zu bleiben und ein bisschen den Jähzornling in seinem Käfig zu ärgern.

Sophie entdeckte im Stall einen Mauervorsprung, auf dem sie das Tablett absetzen konnte.

»Wenn sie ihre Pferde zurückbringen, finden es die Raubrittergeister bestimmt.«

Max hatte schon eine Mistgabel gegriffen und entfernte mit äußerstem Respekt drei Pferdeäpfel aus den Boxen.

»Vor der Tür ist ein Misthaufen«, verkündete Salabim, der sich die Nase zuhielt. »Oh, wie schrecklich es hier riecht! Nach BÖSEM …«

Sophie warf ihm einen Blick zu. Übertrieb er wieder mal oder witterte er tatsächlich etwas?

»Besser, wir sind auf der Hut«, sagte sie zu Max. »Nichts riskieren, was uns in Gefahr bringen könnte.«

»Das sagt sich so einfach«, gab Max zurück. »Mir zittern schon dauernd die Hände. Hier ist es nicht geheuer.«

Auch Sophie hätte den Stall am liebsten gleich wieder verlassen. Doch auch die Pferde mussten gefüttert werden. Ihre Futterkrippen waren leer.

Auf der Haferkiste stand eine weitere Anweisung:

Pro Pferd eine Schüssel Gespensterhafer, eine Handvoll Mutterkorn und eine Prise Wespennest-Mehl. Eine Mohrrübe ab und zu schadet nicht. Da es sich um selbstreinigendes Zauberstroh handelt, müssen nur die Pferdeäpfel entfernt werden.

Sophie begann, nach Vorschrift die Futterkrippen zu füllen.
»Schau doch mal, ob im Kühlschrank auch Mohrrüben sind«, rief sie Max zu.
»Mach ich«, antwortete er und verschwand.
»Ich gehe mal nachsehen, was Schuschu macht«, sagte Salabim und folgte Max nach nebenan.
Sophie beschloss, das kleine Stallfenster zu öffnen. Schließlich hatte Salabim unentwegt behauptet, es würde fürchterlich stinken.
Der Riegel war rostig und ließ sich nur mit Mühe bewegen. Während Sophie damit beschäftigt war, hatte sie plötzlich das Gefühl, beobachtet zu werden.
Ganz langsam, wie in Zeitlupentempo, drehte sie sich um.
Vor ihr stand eines der Pferde. Stumm stand es da und glotzte Sophie an. Seine gewaltigen Nüstern dampften.
Sophie hatte das Gefühl, dass ihr gleich die Beine wegsackten. Eigentlich mochte sie Pferde und fürchtete sich nicht vor ihnen. Aber DIESES HIER! Es war

fast doppelt so groß wie ein normales Pferd. Und die schwarzen, unheimlichen Augen! Und der gespenstische Rauch, der aus seiner Nase stieg!
Normalerweise war Sophie nicht besonders ängstlich. Aber jetzt fürchtete sie sich. Fürchtete sich wie noch nie. Sie zitterte vor Angst.
Nichts wie weg!
Sophie schoss los, an dem Pferd vorbei und aus dem Stall. Sie war so verwirrt, dass sie die falsche Richtung einschlug und im Burghof landete anstatt im Vorratsraum. Als sie ihren Irrtum bemerkte, wollte sie zurück – doch da sah sie, dass ihr das Pferd nachgelaufen war.
Voller Panik rannte sie quer über den Burghof bis zum Brunnen. Dort hielt sie inne.
Auf der anderen Seite entdeckte sie das zweite Geisterpferd, das sich herrenlos durch den Burghof bewegte, in einem schwebenden Trab. Noch bevor es auf sie zukam, wusste Sophie, dass sie verloren war. Sie war in eine Falle gelaufen, eine Falle, die gleich zuschnappen würde …
»Max!«, schrie sie voller Angst in Richtung Stall. »Hilf mir!«
Doch sie hatte wenig Hoffnung, dass er sie überhaupt hören würde.
Die Pferde umkreisten sie. Sophie sah entsetzt, dass sich dort, wo die Hufe aufs Pflaster schlugen, zuerst

Funken und dann kleine blaue Flammen bildeten. Sie sollte gefangen werden!
Sophie reagierte geistesgegenwärtig. Sie lief auf die einzige Stelle zu, die noch nicht durch die Flammen versperrt war. Doch bevor sie dort ankam, hatte sich der Kreis geschlossen. Sophie biss sich auf die Lippe. Das blaue Feuer war nur kniehoch. Sie holte Anlauf und wollte drüber springen, doch da schossen die Flammen plötzlich vor ihr in die Höhe.
Sie zuckte zurück. Ein magisches Feuer, das ihre Gedanken zu erraten schien!
»Na, warte!«, zischte Sophie entschlossen. Sie würde sich nicht von so einem miesen Trick unterkriegen lassen! So leicht würden die Gespenster sie nicht fangen!
Sie rannte zum Brunnen. Vielleicht ließ sich das magische Feuer mit Wasser löschen …
Sie ließ den Eimer in den Brunnen hinab und hörte, wie er unten aufplatschte. Dann kurbelte sie, um ihn wieder heraufzuholen. Der Eimer war deutlich schwerer und Sophie musste sich gewaltig anstrengen.
»Uff … das gibt's doch nicht … das muss Blei sein … gleich hab ich's …« Sie war ganz außer Atem.
Der Eimer schlug gegen den Brunnenrand. Nur noch eine oder zwei Umdrehungen mit der Kurbel …
Aber was war das? Etwas kam aus dem Brunnen mit herauf. Ein potthässliches Wesen hockte auf dem

Eimer und blinzelte Sophie mit einem grünen und einem lila Auge an.
Sophie stieß einen Schrei aus und ließ die Kurbel los. Aber anstatt mit dem Eimer wieder in die Tiefe zu sausen, kletterte das Wesen über den Brunnenrand. Als es sich aufrichtete, war es fast so groß wie Sophie.

Sophie wird entführt

Als Max in den Stall zurückkam, zwei Mohrrüben in der Hand, war Sophie verschwunden. Verwundert sah er sich um. »Sophie? Wo bist du?« Er schaute in eine leere Box. Da klirrte es im Stallgang.
»Sophie?« Max drehte sich um. »Wohin soll ich die Rüben –« Der Satz blieb ihm im Hals stecken.
Es war nicht Sophie. Im Stallgang standen die beiden Raubrittergeister mit geöffneten Visieren. Dort, wo ihre Gesichter hätten sein sollen, gähnten schwarze Löcher. Max starrte die Ritter entsetzt an. Die Rüben fielen ihm aus der Hand, ohne dass er es bemerkte.
»Wa-was wollt ihr?«, stammelte er.
»Dich«, ertönte es zweistimmig. Dann, als hätten sie nur auf dieses Stichwort gewartet, kamen sie mit ruckartigen Bewegungen auf Max zu. Die Scharniere quietschten.
Max ging Schritt für Schritt rückwärts, witschte in den Nebenraum, knallte den Raubrittergeistern die Tür vor der nicht vorhandenen Nase zu und schob mit panischer Hast den Riegel vor.
Aufatmend lehnte er sich an die Tür. Dann fiel ihm siedend heiß ein, dass er Sophie ausgesperrt hatte!

»Mist!«, zischte Max. Am liebsten hätte er die Tür sofort wieder geöffnet, aber die Raubrittergeister waren jetzt direkt dahinter.
»Wir haben euch nur euer Essen gebracht«, sagte Max laut. »Wir hätten euch ja auch hungern lassen können. Wär vielleicht besser gewesen, weil ihr … weil ihr euch ja nicht benehmen könnt.«
»Hör zu, du frecher Knirps«, tönte eine blecherne Stimme durch die Tür. »Gib uns den Schlüsselbund. Mehr wollen wir gar nicht.«
»Das könnte euch so passen«, gab Max zurück. »Außerdem bin ich kein Knirps, sondern ganz offiziell euer Pfleger.«
»Wir wollen die Schlüssel«, hörte er nun die dumpfe Stimme des anderen Geists. Sie war ebenso unheimlich wie die erste. »Wenn du sie uns nicht freiwillig gibst, dann werden wir dich dazu zwingen.«
Sophie!, dachte Max erschrocken. Sie ist auf der anderen Seite …
Seine Gedanken wirbelten durcheinander. War Sophie schon in ernsthafter Gefahr? Wie sollte er reagieren? Die Schlüssel würde er jedenfalls nicht so einfach aus der Hand geben! Damit wäre es ein Leichtes, die Gespenster aus ihren Käfigen zu befreien. Zwar gab es noch die magischen Tore, die die Gespenster aufhalten konnten, aber bestimmt würde Zwurg Mittel und Wege finden, sie zu überwinden …

Doch Max hatte Angst um Sophie. Er musste sich etwas Kluges einfallen lassen – und zwar schleunigst!
»Die Schlüssel …«, haspelte er und ärgerte sich, weil man seiner Stimme anhören konnte, wie aufgeregt er war. »Ihr bekommt die Schlüssel, klar. Hartriegel hat mir aber heute nicht den ganzen Bund mitgegeben …«
Atemlos lauschte er, während sein Herz rasend schnell klopfte. Würden die Geister die Lüge schlucken?
Die Ritter schienen sich kurz zu beraten. Max hörte

dumpfes Gemurmel, konnte aber kein Wort davon verstehen.

»Dann hol sie«, sagte der erste Raubritter.

»Und sei zurück, bevor in deiner Welt die Sonne untergeht«, fügte der zweite hinzu.

»Okay«, sagte Max erschöpft.

Er hörte, wie sich die Raubrittergeister entfernten. Das Blut pochte in seinen Schläfen. Die Sorge um Sophie brachte ihn fast um den Verstand. Sollte er Hartriegel Bescheid geben? Oder lieber gleich den *Geheimen Rat der Zwölf* verständigen?

Max blinzelte. Jetzt erst wurde ihm bewusst, dass er ganz allein im Raum war. Wo steckten Salabim und der Steinerweicher? Und wo hatte er den Käfig mit dem Jähzornling abgestellt? Zu seiner Erleichterung fand er alle drei draußen vor dem Raubritterhaus. Salabim und Schuschu, die den Jähzornling gerade etwas geneckt hatten, machten schuldbewusste Gesichter, als Max kam.

»Nicht böse sein«, sagte Salabim gleich beschwichtigend. »Wir wollten nur mal ausprobieren, ob er uns in den Finger beißt ...«

Doch Max hatte ganz andere Probleme.

»Sophie muss im Burghof sein«, berichtete er aufgeregt. »Ich fürchte, die Ritter schneiden ihr den Rückweg ab. Sie wollen die Schlüssel für die Käfige von mir ...«

»Oh, ich wusste es, es geht los!«, jammerte Salabim und schlug die Hände vors Gesicht. »Zwurg macht seinen Plan wahr …«

Schuschu fing prompt an zu heulen.

Max schüttelte verzweifelt den Kopf. So ein Theater konnte er gar nicht gebrauchen.

Sie mussten jetzt bei klarem Verstand bleiben! Nur so hatten sie eine Chance gegen die Gespenster.

»Hör zu, Salabim«, sagte er. »Du kannst doch fliegen. Flieg über das Raubritterhaus und sieh nach, ob du Sophie irgendwo sehen kannst. Wenn es geht, dann bring sie her.«

Salabim schaute ihn groß

an. »Aber wie denn, Herr? Wie soll ich das machen?«

»Dir wird schon was einfallen«, meinte Max. »Setz sie auf deinen fliegenden Turban oder so …«

»Richtig!« Salabim erinnerte sich an die magischen Fähigkeiten seiner Kopfbedeckung. »Du bist genial, Herr!«

»Beeil dich«, drängte Max. Jede Sekunde war kostbar. Wer weiß, was die Geister in der Zwischenzeit alles mit Sophie anstellten!

Salabim machte ein konzentriertes Gesicht. Dann begann er, sich in Nebel aufzulösen. Zuerst wurden seine Beine weich und durchscheinend, dann Bauch und Oberkörper und zuletzt verschwanden Kopf und Arme. Eine Rauchwolke stieg zum Himmel. Max blickte ihr nach und drückte ganz fest die Daumen. Es musste Salabim einfach gelingen, Sophie zurückzuholen!

Max wagte nicht, sich auszumalen, wie es sonst weitergehen würde. Wenn er ohne Sophie heimkam, würden ihre Eltern ihm bestimmt tausend Fragen stellen.

Er würde ihnen erzählen müssen, dass Sophie verlorengegangen war … Die Eltern würden ganz sicher die Polizei alarmieren und dann würde eine Schar Polizisten, mit Gummiknüppeln und Tränengas bewaffnet, zum Schlosspark aufbrechen. Todsicher

würden sie bald das Geheimnis des Gespensterparks entdecken und dann ... ja dann ... An dieser Stelle setzte Max' Fantasie aus.
Nein, so weit durfte es gar nicht erst kommen!
Ob er die Gespenster vielleicht mit einem falschen Schlüsselbund reinlegen konnte? Max erinnerte sich daran, dass sein Vater eine ganze Sammlung von Schlüsseln besaß. Er war Schreiner – momentan leider arbeitslos –, aber wenn er früher irgendwo eine alte Tür ausgebaut hatte, dann hatte er immer den Schlüssel aufgehoben.
Würden die Gespenster den Trick gleich durchschauen? Vielleicht würden sie dann erst recht zornig werden und ihre Wut an Sophie auslassen.
Max hatte schon richtiges Bauchweh. Hoffentlich kam Salabim bald zurück!
Die Sekunden schienen sich endlos zu dehnen ...

Salabim schwebte über dem Raubritterhaus. Er machte sich Vorwürfe, dass er nicht besser auf Max und Sophie aufgepasst hatte. War es nicht seine Aufgabe, ihnen zu dienen und in gefährlichen Situationen beizustehen? Stattdessen hatte er sich von dem keifenden Jähzornling ablenken lassen. Zugegeben, Schuschu und er hatten einen riesen Spaß daran gehabt, den Plagegeist ein wenig zu ärgern ...
Aber darüber hatte er seine Pflicht vernachlässigt. Er

hätte wissen müssen, dass die Raubrittergeister Böses im Schilde führten. Diesen hohlköpfigen Blechgespenstern war nicht über den Weg zu trauen. Vor allem, nachdem sie von Zwurg aufgehetzt worden waren!

Als Salabim unter sich die blauen Flammenkreise entdeckte, war ihm klar, dass Sophie etwas zugestoßen sein musste. Offenbar hatten ihr die Geisterpferde den Weg abgeschnitten.

»Schade um jedes Haferkorn und jede Mohrrübe, mit denen man euch gefüttert hat!«, empörte er sich. Dann entdeckte er Sophie und sah, wie sie zum Brunnen lief. Kluges Mädchen!

Wenn er schnell genug wäre, müsste es ihm gelingen, Sophie zu erreichen.

Er streckte in Gedanken die Arme aus wie bei einem Kopfsprung, kippte nach vorne und sauste nach unten. Und prallte mitten auf dem Weg gegen einen unsichtbaren Widerstand!

»Autsch-autsch-autsch«, jammerte Salabim, wobei der körperliche Schmerz nicht so schlimm war wie die Erkenntnis, dass das Raubritterhaus nach oben hin gesichert war. Die unsichtbare Sperre sollte die Raubrittergeister daran hindern, durch die Luft zu fliehen. Aber umgekehrt konnte natürlich auch niemand von oben hinein.

»Au-au-au.« Salabim rang seine Nebelhände. »Was

soll ich jetzt bloß Max erzählen? Ich kann Sophie nicht holen, kann sie nicht retten. Oh, weh!« Er riss seine Kulleraugen auf, als er sah, wen Sophie gerade aus dem Brunnen holte. ZWURG! Ausgerechnet diesen hässlichen, obergemeinen Zwerg!
»O nein, wie kann sie nur! Hoffentlich gibt sie ihm einen Schubs, damit er wieder in den Brunnen hinunterplumpst. Nein, nein, nein – sie lässt ihn raus. Redet mit ihm! Oh, oh, oh!«

»Du … du bist Zwurg«, stammelte Sophie und wich zurück. Sie erinnerte sich daran, dass es einem manchmal Macht verlieh, wenn man den Namen eines Geschöpfes kannte. Aber in diesem Fall schien es leider nichts zu nützen.
»Ja, ich bin Zwurg«, antwortete das Gespenst. »Der hässliche kleine Zwurg, der sich schon seit Ewigkeiten im Gespensterpark langweilen muss. Doch damit ist jetzt Schluss! Du wirst mich nämlich befreien.«
Sophie schüttelte den Kopf und wich noch ein Stück weiter zurück. »Darauf kannst du lange warten!«
»Du wirst tun, was ich dir sage!« Das Wesen legte den Kopf schief und verzog sein runzeliges Maul zu einem Grinsen. »Notfalls werde ich ein wenig nachhelfen …«
Sophie hatte Angst, aber sie war zugleich auch ziemlich wütend. Bildete sich dieser Zwurg tatsächlich

ein, dass er mit ihr ein leichtes Spiel hatte? Sie würde es ihm so schwer wie möglich machen, so viel stand fest.

Man durfte den Gespenstern nie zeigen, dass man Angst hatte – das war eine der Regeln, die Sophie inzwischen gelernt hatte. Viele der magischen Kreaturen bliesen sich nur auf und machten sich wichtig. Wenn man ihnen energisch genug gegenüber trat, bekamen sie doch Respekt. Wahrscheinlich war es schon ein Fehler gewesen, wegen der Geisterpferde so in Panik zu geraten. Aber sie hatte sich einfach fürchterlich erschrocken.

»Du wirst mich in Ruhe lassen«, sagte sie zu Zwurg und hoffte, dass ihre Stimme fest und überzeugend klang. »Ich bin Gespensterpflegerin und es gibt einen Bannspruch, dass die Gespenster den Hütern des Parks keinen Schaden zufügen dürfen.«

Zwurg lachte laut. »Du weißt ja gut Bescheid. Doch der Bannspruch gilt leider nur für den Schutzherrn des Parks. Bist du etwa ein Herr?« Er sah sie abschätzig von oben bis unten an. »Das kannst du nun wirklich nicht behaupten.«

»Aber ich arbeite im Auftrag des Schutzherrn«, antwortete Sophie schlagfertig. »Und du solltest froh sein, dass du hier im Gespensterpark ein so schönes Zuhause hast.«

»Ein Zuhause?«, wiederholte Zwurg höhnisch. »Ein

Gefängnis, du vorlaute Göre! Glaubst du, ich kann mich frei bewegen? Von wegen. Kann ich nach Belieben meine Freunde im hohen Norden besuchen? Schon gar nicht. Ich bekomme zu essen und zu trinken und damit ich mich nicht langweile, hat man mir ein Spinnrad hingestellt. Mit dem Ding kann ich versuchen, Stroh zu Gold zu spinnen, bis ich schwarz werde. Was für eine lächerliche Beschäftigung für ein Gespenst!«

Die schielenden Augen funkelten Sophie zornig an. »Schon vor langer Zeit habe ich beschlossen, alles zu tun, um zu entkommen und so viele Gespenster wie möglich zu befreien. Jetzt ist die Gelegenheit da. Mit deiner Hilfe …«

Sophie verschränkte die Arme. »Mit meiner Hilfe? Ausgeschlossen. Ich helfe dir nicht, deinen verrückten Plan in die Tat umzusetzen.«

Zwurg kicherte. »Dann sollte ich besser sagen: Mit deiner Mitwirkung wird der Plan gelingen. Dein Freund ist sicher bereit, uns jeden Wunsch zu erfüllen, nur damit er dich heil wiederbekommt.«

Ich fürchte, das wird Max tun, schoss es Sophie durch den Kopf, aber nach außen hin bemühte sie sich, ruhig zu bleiben.

»Pah, das weiß ich nicht«, sagte sie. »Wir sind nur flüchtige Bekannte. Wir arbeiten hier zusammen und weiter nichts.«

Täuschte sie sich oder war Zwurg einen Moment lang tatsächlich verunsichert?
»Du kommst jetzt jedenfalls erst einmal mit«, sagte er und packte Sophie fest am Arm. Seine Hand war dicht behaart und die Finger hatten lange, krumme Nägel. Er zerrte Sophie zum Brunnen. »Hier geht's lang.«
»Etwa da hinunter?«, fragte Sophie entsetzt.
»Ganz genau. In den Brunnen hinunter.«

Fassungslos hatte Salabim mitangesehen, wie Zwurg Sophie in den Brunnen zerrte. Schnurstracks schwebte der Lampengeist zu Max zurück, der schon ungeduldig auf Nachricht wartete.
Nachdem Salabim seine gewohnte Gestalt angenommen hatte, fiel er vor Max auf die Knie.
»Schimpf nicht mit mir, Herr! Köpf mich nicht! Ich hab mein Bestes getan. Aber ich konnte ihr nicht helfen, es ging einfach nicht!«
»Was redest du da für einen Mist?«, fragte Max ungehalten. »Ich dich köpfen? So ein Gedanke würde mir nie kommen! Jetzt lass dieses Theater, steh auf und sag mir endlich, was mit Sophie los ist.«
Während Salabim Bericht erstattete, wurde Max blass und blasser. Sophie war in der Gewalt von Zwurg! Er hatte sie in einen Brunnen gezogen …
»O Mann«, stöhnte Max. »Das hier ist schlimmer als

jeder Albtraum. Was soll ich nur tun, Salabim? Hast du eine Idee?«

Die hatte Salabim leider nicht. Er hob ratlos die Schultern.

Ein lautes Schniefen erregte ihre Aufmerksamkeit. Max schaute nach links. Das Pflaster hatte sich aufgelöst und inmitten einer großen Pfütze oder genauer, inmitten seines eigenen Tränensees saß Schuschu – patschnass, das reinste Häuflein Elend.

»Arme Sophie«, schluchzte er vor sich hin. »Sie ist so lieb … der böse Zwurg …«

Schnell fischte Salabim den Steinerweicher aus der Pfütze. Schuschu klammerte sich an den Geist und versteckte sein Gesicht an dessen durchscheinender

Schulter. Salabim tätschelte ihm tröstend den Rücken, obwohl er selbst völlig verzweifelt dreinschaute.
»Wir müssen ins Schloss zurück«, beschloss Max. »Ob er will oder nicht – Hartriegel muss jetzt den *Geheimen Rat der Zwölf* verständigen. Dies hier ist eine absolute Krise. Zwurg hat Sophie gekidnappt und will auf diese Weise die Freiheit der Gespenster erpressen.« Er schluckte. Die arme Sophie! Wenn Zwurg ihr irgendein Leid zufügte, würde er in seinem ganzen Leben nicht mehr froh werden. Insgeheim verwünschte er den Tag, an dem er die Anzeige im Internet gefunden und die Sache mit dem Gespensterpark ihren Anfang genommen hatte. Warum hatte er sich keinen anderen Job gesucht – Hunde ausführen oder Einkäufe für alte Leute erledigen …
Doch Selbstvorwürfe brachten jetzt gar nichts. Es musste dringend etwas geschehen.
»Kommt mit«, sagte Max zu Salabim und Schuschu. »Wir nehmen die *Zerberus-Schleuder*!«

Zwurgs Gefangene

Zwurg hatte Sophie vorgeschickt und stieg hinter ihr den Brunnen hinab. Sie spürte seinen Atem im Nacken und befürchtete, dass er sie jeden Moment in die Tiefe stoßen würde.
Längst fiel kein Tageslicht mehr in den Brunnen, dennoch war es nicht ganz finster. An den Wänden glommen ab und zu unheimliche Lichter. Waren es magische Symbole, die mit Leuchtschrift an die Innenwände geschrieben waren? Manche Lichter flackerten und schienen zu tanzen wie Irrlichter.
Sophies Augen hatten sich inzwischen einigermaßen an die Dunkelheit gewöhnt. Es ging tiefer und tiefer hinab. War das überhaupt noch ein normaler Brunnen? Oder endete er in einem fantastischen unterirdischen Reich oder einem Labyrinth?
Es schien, als hätte Zwurg Sophies Gedanken gelesen, denn er sagte: »Ich habe vom Monsterhügel aus einen Gang bis zum Brunnen gegraben. So habe ich guten Kontakt mit den Raubrittergeistern und nicht nur mit ihnen … Wir Zwerge sind nämlich sehr gut im Graben, das weißt du sicher.«
Sophie hatte sich nie besonders für Zwerge interes-

siert, aber sie hatte den Verdacht, dass Zwurg ein ganzes Tunnelsystem geschaffen hatte, um sich mit den anderen Gespenstern verständigen zu können. So war es ihm gelungen, mit ihnen zusammen gemeinsame Sache zu machen und ein Komplott zu schmieden. Für Hartriegel, Max und sie hatte es so ausgesehen, als seien die gefährlichen Gespenster voneinander getrennt, aber in Wirklichkeit bestand eine unterirdische Verbindung …

Kurz darauf endete der Brunnen in einem Gang – genau, wie Zwurg es gesagt hatte. Sophie hatte jedes Gefühl für Raum und Zeit verloren. Merkwürdigerweise hatte sie im Moment überhaupt keine Angst. Ihre Gedanken waren glasklar. Sie war Zwurgs Gefangene, seine Geisel sozusagen, und die Gespenster wollten sie benutzen, um ihr Ziel – die Freiheit – zu erreichen.

Zu dumm, dass sie sich im Raubritterhaus nicht besser vorgesehen hatte. Sie hatte die Geister in ihrer Gefährlichkeit einfach unterschätzt. Sowohl die Ritter als auch die Pferde waren ihr nicht besonders schlau und auch ein bisschen schwerfällig vorgekommen! Ein folgenschwerer Irrtum, wie sich jetzt gezeigt hatte. Die Gespenster waren ganz schön gerissen!

Sophie beschloss, in Zukunft höllisch auf der Hut zu sein. Die Gespenster würden mit ihr jedenfalls kein leichtes Spiel haben!

Der unterirdische Gang führte auf den Monsterhügel. Der Ausgang war zwischen zackigen Geröllbrocken verborgen, sodass man ihn erst sehen konnte, wenn man dicht davor stand.
Geschickt ausgedacht, dachte Sophie.
»Und jetzt?«, fragte sie laut, während sie über die Steine balancierte. »Was hast du mit mir vor?«
»Das kommt ganz drauf an, wie sich dein Freund verhält«, erwiderte Zwurg. Er ließ sich auf alle viere nieder, stützte sich auf die Fingerknöchel und bewegte sich nach Affenmanier vorwärts.
Sophie folgte ihm hangabwärts. Hier und da standen Hütten auf dem Monsterhügel, alle in unterschiedlichen Größen und Formen. Einige waren zweistöckig und hatten hölzerne Außentreppen. Andere sahen aus wie große Bienenstöcke. In manchen konnte Sophie auch merkwürdige Geschöpfe sehen.
Ein zweiköpfiges gorillaartiges Wesen mit violettem Pelz kauerte im Eingangsbereich seiner Hütte und sortierte Eicheln und Bohnen auseinander. Seine Finger waren unglaublich schnell. In einem Affentempo entstanden links und rechts kleine Haufen.
»Kommst du voran, Grurmelin?«, fragte Zwurg, als sie vorbeigingen.
Grurmelin blickte auf, seine beiden Münder verzogen sich kurz zu einem Grinsen, dann ging er wieder seiner Beschäftigung nach.

»Warum tut er das?«, wollte Sophie wissen.

»Das wirst du noch früh genug erfahren«, fauchte Zwurg. »Los, komm. Nicht so lahm. Die Zeit verrinnt und es gibt noch viel zu tun.«

Sophie fragte sich insgeheim, was Zwurg alles vorhatte. Sie hatte das Gefühl, dass die Verschwörung größere Ausmaße hatte, als sie und Max geahnt hatten.

Sie folgten einem schmalen Pfad. Immer wieder kamen sie an den verschiedensten Monstern vorbei. Manche hockten nur reglos und sichtlich gelangweilt da, andere wiederum waren mit irgendwelchen Spielereien beschäftigt.

Ein Windbläser – tiefblau, zottig und mit zwei gedrehten Hörnern auf der Stirn – pustete sich fast die Seele aus dem Leib, damit sich ein Windrädchen unablässig drehte. Er tat Sophie fast ein wenig leid.
Sie wusste von Hartriegel, dass Windbläser im Sommer für ein mildes Lüftchen sorgten. Außerdem konnten sie Regenwolken wegblasen und schönes Wetter machen. Der Windbläser gehörte zu den Luftgeistern – genau wie Hurry und Orki, an denen sie jetzt vorbeikamen, zwei grauschwarze, finster aussehende Gesellen. Hurry und Orki gehörten allerdings zur Gattung der Sturmlinge und waren weitaus gefährlichere Geister, denn sie verursachten Stürme und Unwetter.
Eigentlich ist der Windbläser hier auf dem Monsterhügel fehl am Platz, dachte Sophie. Wahrscheinlich hat man ihn hierher gebracht, damit er bei seinen Verwandten ist. Doch im Grunde musste jeder Blinde erkennen, dass sich der Windbläser nicht besonders wohl in deren Gesellschaft fühlte.
»Los, komm schon! Zum Gucken hab ich dich nicht hierher gebracht.« Ungeduldig drängte Zwurg Sophie vorwärts.
Sie betraten ein altes Gewächshaus. Manche Scheiben waren blind oder hatten Sprünge. Das Erste, was Sophie auffiel, waren die unzähligen gleich aussehenden Pflänzchen. Außerdem war es kalt. Sehr kalt sogar.

Zwurg fing sofort an zu knurren.
»Klirrel, was hast du schon wieder angestellt!«, schnaubte er zornig. »AUFPASSEN; hab ich gesagt. Nicht ANFASSEN, du Eisschädel!«
Sophie sah, dass einige Pflänzchen die Blätter hängen ließen. Wahrscheinlich waren sie erfroren.
Zwurg entdeckte die Pflänzchen ebenfalls, riss sie aus den Töpfen und schleuderte sie zu Boden. »Klirrel, du Nichtsnutz! Ich hab dir befohlen, aufs Thermometer zu achten und in regelmäßigen Abständen die Beregnungsanlage anzustellen! Aber du Narr bist den Pflanzen wieder mal zu nahe gekommen!«
Jetzt erhob sich in der Ecke ein dünnes, langes Etwas – der Schlottergeist Klirrel, dem Eiszapfen aus der Nase hingen.

»Ich-ich wollte nur sehen, ob sie schon zwitschern können«, stammelte Klirrel. »Entschuldige, Zwurg. Ich tu's ... ich tu's bestimmt nicht wieder.«

»Das will ich auch hoffen«, brummte Zwurg. Er packte Sophie am Arm. »Hock dich auf diesen Schemel, du Menschling. Hier wirst du warten, bis dein Freund uns unsere Wünsche erfüllt hat. Und glaube nicht, dass du von hier fliehen kannst. Klirrel passt auf dich auf. Ich versichere dir: Ein Griff mit seinen Eishändchen ist nicht sehr angenehm!«

»Kann ich mir vorstellen«, murmelte Sophie und ließ

sich auf den Hocker sinken. Dies also war ihr Gefängnis. Nun gut, es hätte schlimmer ausfallen können – ein modriges Verlies zum Beispiel. Insgeheim begann Sophie wieder Hoffnung zu schöpfen, vor allem, nachdem sich Zwurg mit den Worten »Muss los ... viel zu tun ...« verabschiedete und sie mit Klirrel allein blieb. Sie beobachtete Klirrel aus den Augenwinkeln. Er kam ihr ein wenig schüchtern vor. Vielleicht war er jemand, mit dem sich reden ließ.

»Was sind das für Pflänzchen?«, fragte sie und deutete auf die vielen Blumentöpfe ringsum.

»Zwitscher-Eichen«, antwortete Klirrel und verschränkte die Arme. Aus seinem rechten Nasenloch wuchs gerade ein weiterer Eiszapfen.

»Zwitscher-Eichen?«, wiederholte Sophie verständnislos.

Klirrel nickte. »Ja, das werden mal große, starke Bäume. Mit vielen, vielen tausend Blättern. Und jedes Blatt davon kann zwitschern.«

»Wie ein Vogel?«

»Genau.«

»Das ... das muss ja ziemlich laut werden«, meinte Sophie. Sie dachte daran, wie sich ein großer Schwarm Krähen anhörte. Oder die vielen geschwätzigen Stare, die sich manchmal im Herbst in den Nachbargärten versammelt hatten.

»Es wird furchtbar laut«, bestätigte Klirrel. »Sogar

unerträglich laut. Genau genommen ist es nicht auszuhalten. Jedenfalls nicht für Menschen.«
Eine dumpfe Ahnung beschlich Sophie.
»Und warum werden all die Pflänzchen hier gezüchtet?«, fragte sie.
Die Antwort überraschte sie nicht.
»Sobald wir frei sind, werden wir überall in der Menschenwelt Zwitscher-Eichen pflanzen«, erklärte Klirrel. »Tausende. Millionen. Die ganze Welt wird zwitschern. Und die Menschen werden sich nur noch die Ohren zuhalten und sich verkriechen. Dann brechen für uns Gespenster paradiesische Zeiten an.« Er verdrehte versonnen die Augen.
»Hm«, machte Sophie und starrte gedankenverloren vor sich hin. Sie versuchte sich einen zwitschernden Baum vorzustellen, aber so ganz gelang es ihr nicht. Da merkte sie, dass Klirrel sie schon eine ganze Weile ansah.
»Du bist übrigens der erste Mensch, mit dem ich rede«, sagte er, als sie den Kopf hob.
»So«, erwiderte Sophie matt.
»Wie ist das eigentlich, wenn man ein Mensch ist?«, fragte Klirrel neugierig.
Sophie wusste zuerst nicht, was sie darauf antworten sollte. So eine Frage war ihr noch nie gestellt worden.
»Na ja … eigentlich ganz normal … also, zuerst ist man klein, ein Baby … dann wächst man heran, wird

größer, kommt in die Schule, wird noch größer ... und irgendwann ist man groß genug, um eigene Kinder zu haben. Man ... Man verändert sich ständig.« Sie sah Klirrel an. »Ich glaube, das ist der wesentliche Unterschied zu euch Gespenstern. Ihr verändert euch nicht. Ihr bleibt immer gleich.«
Klirrel schien nachzudenken.
»Vielleicht hast du recht«, sagte er. »Ich war schon immer so, wie ich jetzt bin. Mein Vater war ein Blitz und meine Mutter eine Lawine. Zack – und eines Tages war ich da.« Er machte eine Pause. »Aber es stimmt nicht, was du gesagt hast. Gespenster können sich schon verändern. Zwurg zum Beispiel. Der war nicht immer so, wie er heute ist. Es hat ihn von Jahr zu Jahr mehr geärgert, dass er dauernd Stroh zu Gold spinnen sollte und nie Erfolg damit hatte. Das Stroh blieb immer nur Stroh. Vor lauter Enttäuschung ist er immer böser geworden.« Klirrel nickte versonnen. »Ihr werdet größer und Zwurg wurde böser.«
»Reimt sich sogar«, sagte Sophie, ohne zu lächeln. »Das mit dem Stroh war nicht richtig. Man hätte Zwurg eine andere Beschäftigung geben müssen. Eine, die ihm mehr Spaß macht.« Sie fand, dass manches im Gespensterpark unbedingt verbessert werden musste. »Max und ich könnten uns bestimmt etwas ausdenken. Wir arbeiten erst seit kurzem hier.«
Klirrel legte den Kopf schief. »Warum tut ihr das –

hier arbeiten? Um uns Gespenster auszulachen? Um euch über unsere Gefangenschaft lustig zu machen? Oder um euch ordentlich zu gruseln, damit ihr danach froh nach Hause gehen könnt, wo es keine Gespenster gibt?«

Sophie hatte jedes Mal den Kopf geschüttelt. »Wir tun es einfach und es macht uns Spaß«, erklärte sie. »Außerdem haben wir schon zwei nette Gespenster getroffen, die unsere Freunde geworden sind.«

Klirrel blieb der Mund offen stehen. »Wie können Menschen und Gespenster Freunde sein?«, fragte er fassungslos. »Das … das geht doch nicht …«

»Es geht schon«, sagte Sophie. Und dann erzählte sie Klirrel von Schuschu und Salabim und was sie zusammen erlebt hatten.

Der Kältegeist hörte ihr so gespannt zu, dass er ganz vergaß, die Beregnungsanlage anzustellen. Das Wasser für die Zwitscher-Eichen enthielt einen besonderen Zauberdünger, der für ein besonders schnelles Wachstum sorgen sollte.

Und Klirrel dachte auch überhaupt nicht mehr daran, Abstand von den Pflanzen zu halten. Ein Pflänzchen nach dem anderen erstarrte, ohne dass der Geist es bemerkte.

»Erzähl weiter«, forderte Klirrel immer wieder, wenn Sophie eine Pause machen wollte.

Und Sophie erzählte …

Max fasst einen Entschluss

Max hatte kein schlechtes Gewissen, weil er noch nicht alle Gespenster der Abteilung vier versorgt hatte. Wer sich mit Zwurg verbündet hatte, der verdiente keine gute Behandlung! Und die Gespenster schienen sich ja ohnehin gegen ihre Pfleger verschworen zu haben …

Auf dem Weg zur *Zerberus-Schleuder* kamen sie an einem kleinen Turm vorbei.

Max wusste, dass in diesem Turm allerlei interessante Dinge und Mittel verwahrt wurden – beispielsweise Dosen mit Geisterabwehr-Spray, mit denen man lästige Gespenster in Schach halten konnte. Es gab Schachteln mit Bann-Kreide, mit denen man Absperrungen auf den Boden zeichnen konnte, die die Geister nicht übertreten konnten. Auch Schutzhandschuhe und Selbstfessler – schlangenartige Seile, die sich in Windeseile selbstständig um einen Gefangenen schlingen konnten – waren vorhanden.

Max wunderte sich, dass die Tür offen stand. Hatte Hartriegel am Morgen vergessen, sie abzuschließen?

»Wartet«, sagte er zu seinen Begleitern. »Ich will da

mal einen Blick reinwerfen. Vielleicht finde ich etwas …«

Salabim setzte den Käfig mit dem Jähzornling ab und wartete. Schuschu tappte neugierig hinter Max her.

Max hatte noch keinen Fuß in den Turm gesetzt, als ihm klar wurde, dass hier ein Einbruch stattgefunden hatte. In dem kleinen Raum herrschte ein unglaubliches Chaos. Die Schränke standen offen und manche Türen hingen schief in den Angeln. Alles, was in den Schränken gewesen war, lag auf dem Boden, zerstört und zertrampelt. Tuben waren aufgeschraubt und ausgedrückt, Pulver verstreut, Kreide zerbrochen …

Max war vor Entsetzen wie erstarrt. Fassungslos betrachtete er das Durcheinander.

»Was ist passiert?«, fragte Salabim, der hinter ihn getreten war. »Huch, wie sieht's denn hier aus?«

»Das war Zwurg und seine Bande«, sagte Max und knirschte mit den Zähnen. »Die haben ganze Arbeit geleistet. Irgendwie müssen sie aus ihren Absperrungen rausgekommen sein. Frag mich aber nicht, wie. Wir müssen auf der Hut sein. Wer weiß, was sie sich noch alles ausgedacht haben.«

Max war nervös. Vor lauter Anspannung kribbelte es ihn am ganzen Körper. Zwurg war zum Aufstand entschlossen und er würde seinen Plan mit allen Mitteln durchsetzen. Die Gesetze und Regeln des Gespenster-

parks schienen außer Kraft zu sein. Als Pfleger konnte man sich offenbar nicht mehr auf sicheren Pfaden bewegen. Max wünschte sich, dass er schon wieder im Schloss wäre. Hier war es nicht mehr geheuer!
»Wir müssen dicht zusammenbleiben«, sagte er zu Salabim und Schuschu. »Haltet nach allen Richtungen Ausschau. Und sagt mir sofort, wenn euch etwas Ungewöhnliches auffällt.«
Er schloss die Tür zum Turm, ohne etwas mitzunehmen. Hier würde man gründlich aufräumen müssen – aber erst, wenn wieder Ruhe eingekehrt war.
Nach außen hin wirkte alles wie sonst. Die Zäune waren unbeschädigt und der Zauber, der die Gespenster in ihren Gehegen halten sollte, funktionierte offenbar auch noch. Trotzdem war Max äußerst wachsam. Er traute der ganzen Sache nicht. Ein inneres Gefühl sagte ihm, dass Unheil in der Luft lag …
»Es stinkt!«, bestätigte Salabim und hielt sich die Nase zu. »Pfui Geier!«
»Pfui Geier«, echote Schuschu und hielt sich ebenfalls die Nase zu.
Max sah sich überall um in der Hoffnung, zufällig irgendwo Sophie zu entdecken. Wo mochte die Arme im Augenblick stecken?
Wenn Zwurg ihr etwas angetan hatte … Max ballte unwillkürlich die Hände.
Hoffentlich war es noch nicht zu spät. Max war si-

cher, dass der *Geheime Rat der Zwölf* wissen würde, was in so einem Fall zu tun war. Schließlich verfügten die Mitglieder über starke magische Kräfte. Bestimmt würden sie die Sache so schnell wie möglich in Ordnung bringen …

»Hier entlang.« Salabim zog Max, der nach links gehen wollte, nach rechts. »Das ist der kürzeste Weg zur *Zerberus-Schleuder*.«

»Danke«, sagte Max. Im Gespensterpark gab es so viele Wege und schon öfter war es ihm passiert, dass er in die Irre gelaufen war. Gerade in diesem Teil war er noch nicht so oft gewesen. Wie gut, dass sich wenigstens Salabim auskannte!
Wieder wanderten Max' Gedanken zu Sophie. Er sah sie heulend auf einem Stein sitzen, mit verzweifelter Miene und dunklen Ringen unter den Augen.
Jetzt hinkte Zwurg herbei, in der Hand eine starke Eisenkette, mit der er Sophie an einen Felsblock fesselte. Max konnte genau Zwurgs Stimme hören:
»Wenn ich in zwölf Minuten nicht die Schlüssel habe, ist es aus mit dir …«
Vor Entsetzen schrie Max laut auf. Da spürte er Salabims Hand auf der Schulter. »Ein Albtraum, Herr, nur ein Albtraum. Wach auf!«
Max blickte verwirrt ins Salabims rundes Gesicht. Der Flaschengeist deutete mit der Hand auf einen Busch, hinter dem gerade Etwas verschwand. »Hier war eben ein Nachtmahr …«
Max wusste, dass Nachmahre bei Menschen Albträume auslösten. Sie taten es nicht absichtlich, sondern es war einfach eine automatische Abwehrreaktion, die eintrat, sobald sie sich fürchteten – ähnlich wie bei Stinktieren, die zur Verteidigung eine ekelhafte Flüssigkeit verspritzten.
Normalerweise hielten sich die Nachtmahre in der

Allee der Träume auf. Offenbar hatte einer seinen Stammplatz verlassen. Was war der Grund dafür? Hatte Zwurg da vielleicht auch seine Hand im Spiel gehabt? Wenn Max' Verdacht stimmte, dann waren möglicherweise inzwischen alle Nachtmahre im ganzen Gespensterpark verteilt und man konnte ihnen jederzeit über den Weg laufen …

»Du darfst nicht mit den Augen zwinkern«, riet ihm Salabim. »Dann bist du vor den Albträumen geschützt.«

Nicht zwinkern. Das sagte sich so leicht! Max versuchte es, aber schon nach ein paar Sekunden hatte er das Gefühl, dass seine Augen trocken wurden und zu brennen anfingen. Zum Glück kam schon die *Zerberus-Schleuder* in Sicht. Jetzt war es nicht mehr weit …

»Achtung!«, rief Salabim und stellte den Käfig mit dem Jähzornling ab. Von rechts kam etwas durch die Luft gesaust. Max konnte noch schnell zur Seite springen, und das Ding, das sich als fliegendes Seil entpuppte, surrte an ihm vorbei.

Ungläubig sah Max zu, wie das Seil in der Luft innehielt – so als hätte es Augen und würde etwas suchen –, dann änderte es seine Richtung und kam zurück. Wieder wich Max aus. Das Seil senkte sich blitzschnell herab, wickelte sich um den Steinerweicher und verschnürte ihn zu einem Bündel. Nur der

Kopf blieb frei. Schuschu war im ersten Moment völlig überrascht, aber dann füllten sich seine Augen prompt mit Tränen.

»Ein Selbstfessler«, stieß Max grimmig aus. »Deswegen haben die Gespenster den Turm geplündert. Damit wollen sie uns fangen. Pass auf, Salabim!«

Da sauste schon ein zweites Seil durch die Luft. Bevor Salabim ausweichen konnte, hatte es sich um seinen Körper geschlungen und zog sich eng zusammen. Doch Salabim spitzte die Lippen, konzentrierte sich, wurde zu Rauch und schlüpfte nach oben hinaus. Das Seil fiel nutzlos zu Boden – jetzt war es völlig ungefährlich. Ein Selbstfessler ließ sich nur einmal benutzen.

»Puh! Komm, Salabim, nichts wie weg!« Max packte den Steinerweicher und rannte auf die *Zerberus-Schleuder* zu. Salabim schwebte hinter ihm her und schlüpfte hinter Max in das große Hundmaul.

»Und … und was ist mit dem Jähzornling?«
»Den lassen wir im Käfig zurück«, sagte Max entschieden. Jetzt gab es Wichtigeres zu tun. Wenn die Sache geregelt war, konnte man den Jähzornling noch immer in den Gemeinschaftskäfig zu den anderen Plagegeistern setzen.
Kaum hatte Max mit dem Steinerweicher und Salabim die *Zerberus-Schleuder* betreten, schloss sich das riesige Maul. Es wurde stockfinster, und zu Max' großem Entsetzen begann sich die Zunge unter ihnen zu bewegen.
Max war schon einmal in den Rachen hinuntergerutscht und hatte nicht die geringste Lust, dieses Abenteuer ein zweites Mal durchzumachen.
Einen Augenblick lang war Max überzeugt, dass auch Zerberus abtrünnig geworden war und sich Zwurgs Verschwörung angeschlossen hatte. Dann wurde ihm aber schnell klar, was los war.
Die *Zerberus-Schleuder* war eines der magischen Tore, die verhindern sollten, dass Gespenster aus dem Gespensterpark in die Menschenwelt flohen. Und im Augenblick befanden sich ja mit Max zwei Gespenster in dem riesigen Maul.
»ENTWISCHEN WOLLT IHR, IHR WICHTE?«, grollte Zerberus' dumpfe Stimme und die Zunge begann zu vibrieren. »WENN ICH EUCH TÜCHTIG DURCHSCHÜTTELE, DANN WIRD EUCH

DIE LUST AUF FLUCHT SCHON VERGEHEN …«

Max war inzwischen auf dem Bauch gelandet. Mit der einen Hand hatte er gerade noch den Steinerweicher erwischt, der fast in den Rachen von Zerberus hinuntergerutscht wäre. Mit der anderen Hand klammerte er sich an einen der gewaltigen Zähne.

»Es … es hat schon seine Ordnung, Zerberus«, japste er. »Ich bin Max, der Gespensterpfleger, und Salabim und Schuschu sind meine Freunde. Wir müssen ins Schloss zurück … unbedingt! Also lass uns durch, ja? Bitte!«

Nach kurzer Pause kam Zerberus' Antwort.

»NA GUT. WENN DU ES SAGST, DANN WIRD ES SCHON SEINE RICHTIGKEIT HABEN. OBWOHL ICH DEN BEIDEN WICHTEN WIRKLICH GERNE EINE LEHRE ERTEILT HÄTTE …«

Das Maul öffnete sich und es wurde wieder etwas heller.

Max war froh, dass er nicht länger mit Zerberus diskutieren musste – dazu hätte er jetzt wirklich keine Nerven gehabt. Mühsam kam er wieder auf die Beine und balancierte vorsichtig auf der Zunge entlang, was besonders schwierig war, weil er ja den Steinerweicher tragen musste. Der war zwar nicht sehr schwer, schränkte Max aber in seiner Bewegungsfreiheit ein.

Salabim musste ihm Schuschu abnehmen, damit Max sich strecken und Zerberus' Gaumenzäpfchen kitzeln konnte. Prompt fing das große Maul an zu husten …

… und schon fanden sich Max, Salabim und Schuschu in der Eingangshalle des Schlosses wieder. Wie jedes Mal war Max ein wenig verdattert, weil der Übergang so schnell war.

»Nicht heulen«, sagte er vorsichtshalber zu Schuschu, während er sich aufrappelte. »Von deinen Tränen geht nämlich der schöne Marmor kaputt. Keine Angst, wir machen dir deine Fesseln gleich ab.«

Auch Salabim stand auf, rückte seinen Turban zurecht und schielte sehnsüchtig zu dem prächtigen Kronleuchter empor, der über ihnen hing.

»Oh, wie gerne würde ich mich jetzt auf ein Nickerchen zurückziehen … All die Aufregungen machen einen schrecklich müde …«

»Ich fürchte, dazu haben wir keine Zeit«, sagte Max. Er packte den Steinerweicher und machte sich, gefolgt von Salabim, auf den Weg zu Hartriegels Büro.

Hartriegel staunte nicht schlecht, als die drei plötzlich wieder vor ihm standen.

»Ihr seid schon wieder da?«, wunderte er sich. »Schon alle Gespenster gefüttert und versorgt? Das ging aber fix!«

»Von wegen«, sagte Max grimmig. »Sie müssen sofort den *Geheimen Rat der Zwölf* verständigen. Im Gespensterpark geht es drunter und drüber. Die Gespenster haben Sophie gekidnappt.« Er fasste kurz zusammen, was passiert war, während Salabim den Steinerweicher von seinen Fesseln befreite.

Hartriegel wurde grau im Gesicht.

»Junge, wenn du die Wahrheit sagst, dann müssen wir tatsächlich den GRZ anrufen.« Er streckte die Hand nach dem Telefon aus, konnte es aber vom Bett aus nicht erreichen. »So was ist noch nie passiert. Unerhört.«

»Jedes Wort ist wahr«, versicherte ihm Max und stellte ihm den Telefonapparat aufs Bett. »Ich hab solche Angst, dass Sophie etwas zustößt ...«

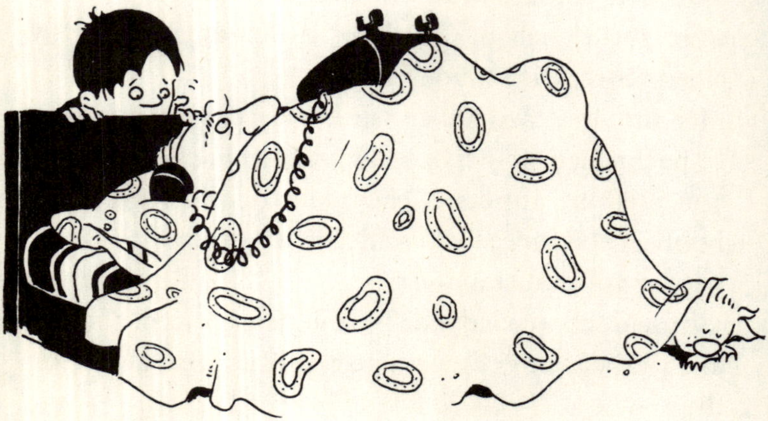

Hartriegel wählte mit konzentrierter Miene eine Nummer. Lauschte. Hielt den Hörer weg, schüttelte ihn und hielt ihn wieder ans Ohr. Legte auf. Wählte noch einmal – mit dem gleichen Ergebnis.
Max wurde immer unruhiger. »Stimmt was nicht?«, fragte er.
»Seltsam«, sagte Hartriegel. »Ich habe ganz bestimmt die richtige Nummer gewählt. Aber es meldet sich niemand. Es rauscht nur in der Leitung. Die Verbindung muss gestört sein ...«
Max beschlich ein entsetzlicher Verdacht. Das war bestimmt kein Zufall! Jemand hatte die Verbindung zum GRZ absichtlich zerstört!
Hartriegel wählte probeweise eine andere Nummer. Er nickte mit dem Kopf. »Es läutet. Der Apparat ist jedenfalls in Ordnung.« Er legte wieder auf und sah Max an. »Nur beim GRZ komme ich nicht durch.«
»Zwurg«, sagte Max nur.
»Möglich«, meinte Hartriegel.
»Und was machen wir jetzt?«, fragte Max. »Es muss doch noch eine andere Möglichkeit geben, den GRZ zu verständigen. Mit einem Fax oder einer E-Mail ...«
»Schalte den Computer ein«, befahl Hartriegel.
Max gehorchte und wartete, bis das Gerät hochgefahren war. Es kam ihm endlos vor, obwohl dieser Computer viel moderner war als der alte Rechner,

den er zu Hause hatte. Hartriegel sagte ihm das Passwort für den Internet-Zugang und nannte ihm auch die Adresse für die Homepage des GRZ. Max gab alle Daten sorgfältig ein, doch auf dem Bildschirm erschien die Schrift:

»Diese Seite kann nicht angezeigt werden.«

»Die haben vermutlich auch den Server gestört«, murmelte Max.

Hartriegel war ratlos. Er hatte auch keine andere Nummer, unter der er den GRZ anrufen konnte.

»Die Zentrale ist normalerweise Tag und Nacht erreichbar. Bisher hat es immer funktioniert.«

»Und die Privatnummern der einzelnen Magier?«, drängte Max. »Gibt's da nichts? Eine Handynummer vielleicht?«

Hartriegel schüttelte den Kopf. »Wir könnten dem GRZ höchstens einen Brief schreiben«, schlug er vor.

Ein Brief! Das dauerte viel zu lange! Selbst wenn der Brief noch an diesem Tag befördert wurde, erreichte er frühestens morgen sein Ziel. Bis dahin hatten die Gespenster Sophie vielleicht schon alles Mögliche angetan.

»Gibt es denn nichts, was wir sonst tun können?«, fragte Max.

Als er die Hilflosigkeit in Hartriegels Augen sah, hatte er das Gefühl, gleich durchzudrehen.

»Die … die Polizei … vielleicht …«, murmelte Hartiegel.
Max schlug die Hände vors Gesicht. Das Blut rauschte in seinen Ohren. Das durfte alles nicht wahr sein!
Sophie! hämmerte es in seinem Kopf. *Ich helfe dir. Bestimmt. Ich weiß zwar noch nicht wie, aber ich werde dich auf keinen Fall im Stich lassen!*
»Es tut mir leid«, sagte Hartriegel zerknirscht. »Ich hätte euch da niemals mit reinziehen dürfen …«
Jemand tippte Max auf die Schulter. Er schaute auf und sah Salabim neben sich. Der Lampengeist hatte ein dickes Buch in den Händen.
»Vielleicht … vielleicht nützt dir dieses Buch etwas, Herr«, sagte Salabim. »Sophie hat neulich auch darin geblättert.«
Neugierig nahm Max das Buch entgegen und schlug es auf. Sofort kniff er die Augen zusammen. Spielten sie ihm einen Streich? Er konnte das Buch nicht lesen. Die Buchstaben tanzten auf den Seiten.

SPEGENSTERFRÜHER – RELENG UND SPIPT

Es musste eine fremde Sprache sein!
»Wenn du es lesen willst, brauchst du eine magische Brille«, sagte Hartriegel. Seine Stimme klang sehr müde. »Der Text ist codiert. Zieh die linke Schublade auf.«

Max tat es.
»Das blaue Etui«, sagte Hartriegel. »Ich glaube allerdings nicht, dass uns das Buch viel helfen kann.«
Max öffnete das Etui und nahm eine Brille mit Goldrand heraus. Sie war etwas groß, aber das machte nichts. Nachdem er sich die Brille auf die Nase gesetzt hatte, hielten die Buchstaben still und er konnte den Buchtitel mühelos entziffern.

GESPENSTERFÜHRER – REGELN UND TIPPS

Max blätterte. Das Buch beschrieb ausführlich verschiedene Gespensterarten, wie gefährlich sie waren und wie man am besten mit ihnen umging. Max schlug das Buch hinten auf. Vielleicht gab es ein Sachregister.
Tatsächlich.
Max' Zeigefinger wanderte die Liste entlang.

Luftveränderung … Mauser … Niesen … Notfall

»Notfall«, sagte Max. »Das ist es.« Er schlug Seite 399 auf.
»*In Notsituationen, wie der totale Kontrollverlust über die Gespenster, sollte man sich nicht scheuen, fachliche Hilfe zu suchen. Sollte diese nicht erreichbar sein oder versagen, gibt es noch ein allerletztes*

Mittel, die Macht über die Gespenster zurückzugewinnen. Der Pfleger muss selbst zu einem mächtigen Gespenst werden. So kann es gelingen, die anderen Geister wieder zu bändigen.«
Max hatte den Absatz halblaut vorgelesen.
»Selbst zu einem Gespenst werden«, wiederholte er und warf einen fragenden Blick auf Hartriegel, der jedoch nur vor sich hin starrte.
War das die Lösung? Max' Herz klopfte schneller. Er las weiter.
»Es kann jedoch nicht ausdrücklich genug darauf hingewiesen werden, dass dieses Mittel nicht leichtfertig eingesetzt werden darf – und schon gar nicht aus Spaß. Wenn dieser äußerste Notfall aber einge-

treten ist, so besorge man sich ein Fläschchen HOMO MUTANDUS. Dann gehe man in den Garten und suche sich einen Baum seines Vertrauens. Man bitte den Baum darum, mit seinem Schatten den eigenen Körper zu schützen, auf ihn aufzupassen und den Schlaf zu behüten.
Man nehme nun in seinem Schatten Platz und schlucke das Mittel. Fünf Tropfen genügen, um eine Stunde Gespenst zu bleiben.«
»Das hat noch nie jemand gemacht«, murmelte Hartriegel. »In der ganzen Geschichte des Gespensterparks ist noch nie ein Mensch zum Gespenst geworden. Das ist viel zu riskant.«
»Wo ... woher kriegt man HOMO MUTANDUS?«, fragte Max mit belegter Stimme.
»Wenn ich mich recht erinnere, ist noch ein Fläschchen im Tresor«, antwortete Hartriegel. »Aber du willst doch nicht wirklich ...« Er sah Max an. »Das kann nicht dein Ernst sein! Es ist extrem gefährlich!«
»Was soll ich denn sonst tun?« Max war völlig verzweifelt. »Ich kann Sophie doch nicht im Stich lassen! Glauben Sie etwa, ich könnte heute einfach nach Hause gehen? Was soll ich Sophies Eltern erzählen? – Und außerdem, je länger wir warten, desto gefährlicher wird die Lage. Die Gespenster sind entschlossen, den Park zu verlassen, und es wird ihnen

auch gelingen. Und dann …« Er beendete seinen Satz nicht.

»Und dann …«, wiederholte Hartriegel und sah nachdenklich aus dem Fenster. »Unvorstellbar. Nicht auszudenken. Eine Katastrophe. Du hast recht. Du musst es tun.« Er verzog gequält das Gesicht. »Ich hätte heute Morgen auf dich hören und gleich den GRZ verständigen sollen. Dann wäre uns einiges erspart geblieben.«

»Allerdings«, murmelte Max. »Aber jetzt ist es zu spät. – Wo ist das Fläschchen?«

Da es für Hartriegel zu mühsam war, den Wandtresor zu öffnen, musste Max es tun.

»Es widerstrebt mir zwar, dir die Geheimzahl zu sagen, aber ich muss dir in diesem Fall wohl vertrauen«, meinte Hartriegel. Er nannte eine vierstellige Zahl. Max stellte die Ziffern auf dem Zahlenschloss ein und das Schloss öffnete sich.

Das altmodische Fläschchen stand im hintersten Winkel des Tresors. Es war aus schwarzem Glas und trug ein gelbes Etikett, auf dem in verschnörkelter Schrift HOMO MUTANDUS stand.

»Oh, was für ein hübsches Zuhause!«, sagte Salabim begeistert, als Max das Fläschchen aus dem Tresor nahm. Als Lampengeist interessierte sich Salabim zwar eher für Lampen, aber er wusste auch schöne Flaschen zu schätzen.

»Ich hoffe sehr, dass darin kein Flaschengeist hockt«, murmelte Max. Er hielt die Flasche gegen das Licht und sah, dass im Innern eine zähe Flüssigkeit schwappte. »Das Ding sieht uralt aus. Bestimmt ist das Haltbarkeitsdatum längst überschritten.« Er drehte das Fläschchen in den Händen, aber er fand keinerlei Stempel. »Ich muss es riskieren. Eine andere Wahl hab ich nicht. – Drückt mir alle die Daumen!«

Er war schon bei der Tür, als Hartriegel ihn zurückrief.

»Einen Moment noch, Max. – Erinnerst du dich an den Schuppen, in dem die Gartengeräte aufbewahrt werden?«

»Klar.« Den Schuppen hatte Max an seinem ersten Arbeitstag kennengelernt. Damals hatte er noch geglaubt, dass Hartriegel ihn als Gärtnergehilfen einstellen wollte.

»Im Schuppen befindet sich eine hölzerne Truhe«, sagte Hartriegel. »Wahrscheinlich liegen ein paar Gartengeräte darauf. Zur Tarnung. Die Truhe ist in Wirklichkeit eine Gespensterklappe. Sie führt auf direktem Weg in den Gespensterpark – allerdings nur für Geister. Wenn ich einen Neuzugang bekomme, verwende ich sie manchmal. Als Gespenst kannst du diesen Weg benutzen, denn die normalen magischen Tore sind ja in der Regel den Menschen vorbehalten.«

»Danke«, sagte Max. Daran hatte er gar nicht gedacht. Hoffentlich gab es nicht noch mehr Schwierigkeiten.
»Viel Glück«, sagte Hartriegel matt. »Ich würde dir jetzt gerne ein paar Ratschläge und Tipps geben – aber ich weiß leider keine. Jedenfalls hoffe ich, dass ich dich bald heil wiedersehe.«
»Bestimmt«, sagte Max und versuchte, seine Stimme zuversichtlich klingen zu lassen. »Mich und Sophie. Wetten?« Er zwinkerte Salabim und dem Steinerweicher zu. »Macht's gut, ihr beiden.«
»Sollen wir nicht lieber mitkommen?«, fragte Salabim, aber diesmal lehnte Max ab.
»Nein. Zwurg hat uns vielleicht beobachtet und er könnte am Ende Verdacht schöpfen, wenn er ein neues Gespenst sieht, das von Salabim und Schuschu begleitet wird.«
Das leuchtete Salabim ein.
»Na, dann – toi, toi, toi, Herr!«
»Toi, toi, toi«, echote Schuschu und winkte Max zum Abschied zu.

Der Geist Maximilian

Max hatte ein flaues Gefühl im Bauch, als die Eingangstür hinter ihm zuschlug. Jetzt war er ganz auf sich allein gestellt. Wenn das Experiment nun schiefging! Er wagte nicht daran zu denken.

Ich tu es für Sophie, redete er sich unterwegs ein, um sich zu beruhigen. *Ich bin es ihr schuldig. Sie ist meine Freundin, ich darf sie einfach nicht im Stich lassen! Und ich werde es auch schaffen!*

Dann stand Max im Schlosspark und sah sich um.

»Man suche sich einen Baum seines Vertrauens«, hatte er im GESPENSTERFÜHRER gelesen.

Einen Baum seines Vertrauens. Was konnte damit gemeint sein? Vielleicht sollte es ein besonders großer und starker Baum sein. Max drehte sich ratlos im Kreis. Die große Eiche dort! Oder doch die Silberpappel? Die Trauerweide mit den hängenden Zweigen? Welcher Baum war nun der richtige? Und was würde geschehen, wenn sich Max für den falschen Baum entschied?

Panik stieg in ihm hoch. Am liebsten wäre er zurück ins Schloss gelaufen.

Da erinnerte er sich, dass in seiner Hosentasche noch

die Schutzgemme steckte. Den flachen Stein hatte er an seinem ersten Arbeitstag gefunden. Genauer gesagt, der Stein hatte Max gefunden – wie Hartriegel es ausgedrückt hatte. Die Schutzgemme hatte Max schon mehrmals in schwierigen Situationen Glück gebracht. Vielleicht würde es auch diesmal wieder funktionieren.

Er nahm den Stein zwischen beide Hände und schloss sie. Ganz fest.

»Welchen Baum soll ich nehmen?«, murmelte er.

Man suche sich einen Baum seines Vertrauens.

Mit einem Mal verstand Max. Ein Baum war schließlich ein Lebewesen – genau wie ein Tier oder ein Mensch. Und wie man mit einem Menschen oder mit einem Tier Freundschaft schließen konnte, so konnte man sich sicher auch mit einem Baum anfreunden.

Max sah sich noch einmal um. Sein Blick blieb an einer Birke hängen. Ihr weißer Stamm wirkte wie ein Signal. Zwar hatte der Baum noch keine Blätter – es war erst März –, aber die Zweige schienen sich fröhlich und zuversichtlich auszustrecken.

»Okay«, sagte Max langsam. »Ich glaube, das ist mein Baum.«

Er ging auf die Birke zu und legte seine Hand an ihren kühlen Stamm.

»Hallo, Birke. Ich bitte dich, über meinen Körper zu

wachen und ihn zu beschützen, während ich ein Gespenst bin. Machst du das?«

Täuschte er sich, oder hatte die Birke ganz sachte die Zweige bewegt?

Wenn ihn jetzt ein Klassenkamerad beobachten würde! Der würde ihn für einen kompletten Idioten halten. Max kam es selbst fast ein bisschen albern vor, mit einem Baum zu sprechen und den Wunsch zu äußern, ein Gespenst zu werden. Und sich dann noch einzubilden, dass der Baum geantwortet hatte!

Aber erstens war keiner aus seiner Klasse hier und zweitens wusste Max – im Unterschied zu seinen Klassenkameraden –, dass es neben der »wirklichen« Welt einen Gespensterpark gab. Und dort galten eben ganz andere Regeln.

Max schraubte das Fläschchen auf und schnupperte. Die Flüssigkeit roch merkwürdig fremd. Nach alten Bibliotheken und modrigen Büchern. Nach geheimnisvollen Welten. Nach dem Unmöglichen …

»Fünf Tropfen für eine Stunde«, erinnerte sich Max. Wie viel Zeit würde er brauchen? Eine Stunde kam ihm sehr kurz vor. Drei zu lang. Eine zu hohe Dosis wollte er auch nicht schlucken. Über Nebenwirkungen des Mittels hatte im Gespensterführer allerdings nichts gestanden. Zehn Tropfen vielleicht?

»Dann bin ich zwei Stunden lang ein Gespenst«, überlegte Max. Das müsste eigentlich genügen.

Er hockte sich unter den Baum. Durch seine Jeans hin-

durch spürte er die Kälte des Bodens. Seine Mutter würde ihm etwas erzählen, wenn sie wüsste, dass er sich im März ins Gras setzte.
Weil er keinen Löffel hatte, träufelte Max die zehn Tropfen in die Verschlusskappe. Er starrte auf die schwarze Flüssigkeit und zögerte. Jetzt hatte er noch Zeit, es sich anders zu überlegen.
»Nein«, sagte er laut. »Ich tu es für Sophie.«
Und dann kippte er sich die Flüssigkeit in den Mund.
Sie schmeckte nach Lakritze. Süß und bitter zugleich.
Max schraubte das Fläschchen wieder zu und legte sich zurück. Er wartete darauf, dass die Wirkung eintrat. Wie würde er überhaupt merken, dass er zum Gespenst geworden war? Auch davon hatte leider nichts in dem dicken Buch gestanden. Und es gab auch niemanden, den er fragen konnte …
Auf einmal spürte er bleierne Müdigkeit. Seine Glieder wurden schwer und er fühlte überall ziehende Schmerzen. Als er sich bewegen wollte, merkte er, dass er weder Arme noch Beine rühren konnte. Er war wie gelähmt.
»Es muss Gift gewesen sein«, schoss es ihm durch den Kopf.
Panik stieg in ihm auf. Wenn er jetzt starb, dann würde NIEMAND Sophie zu Hilfe kommen …

Ihm wurde schwindelig. Die Birke über ihm schwankte. Max hatte noch nie Alkohol getrunken, aber so musste es sich anfühlen, wenn man zu viel getrunken hatte. Als er versuchte, einen Busch zu fixieren, wanderte dieser vor seinen Augen von rechts nach links.

Plötzlich hatte Max den Eindruck zu schweben. Er stieg einfach in die Luft, als sei er ein mit Helium gefüllter Gasballon. Die bleierne Schwere war von ihm abgefallen. Er fühlte sich leicht und gewichtslos. Auch seine Arme und Beine konnte er wieder bewegen. Max bekam einen Ast der Birke zu fassen und hielt sich an ihm fest.

Als er nach unten blickte, erschrak er. Am Fuß der Birke lag einer, der aussah wie er selbst. Max. Reglos und bleich. Seine Hände krampften sich um ein kleines schwarzes Fläschchen.

Max blickte auf seine eigenen Arme, mit denen er am Ast hing. Sie sahen aus wie immer. Vielleicht waren sie ein bisschen blasser und leicht durchscheinend. Aber nicht wesentlich anders.

»Ich hab mich verdoppelt«, dachte Max. »Dort unten liegt der Max, der ich bisher gewesen bin. Und ich bin jetzt vermutlich Max, das Gespenst.«

Er ließ den Ast los und sprang nach unten.

Der alte Max lag da wie tot. Max konnte weder ein Heben und Senken der Brust noch ein Zucken der

Augenlider ausmachen. Vorsichtig fasste er seine eigene Hand an. Kalt.
War das normal? Oder war das Experiment schiefgegangen? Vielleicht hatte er doch zu viele Tropfen genommen und musste jetzt für immer ein Gespenst bleiben!
Tränen schossen ihm in die Augen. Am liebsten hätte er alles rückgängig gemacht.
Da merkte er, wie sich die Birke über ihm sachte im Wind bewegte. Die Zweige senkten sich und berührten tröstend seinen Kopf.
Sei ohne Sorge. Ich schütze und bewache deinen Kör-

per, genau wie du mich gebeten hast. Nun geh und tu, was du zu tun gedenkst.

»Danke«, murmelte Max.

Er stand noch eine Weile vor dem reglosen Max. Dann gab er sich einen Ruck. Die Zeit verstrich, er musste sie nutzen. Er ging los, in Richtung Schuppen.

Seine Beine sahen aus wie immer – selbst die Jeans hatte sich verdoppelt –, aber Max hatte beim Gehen doch ein anderes Gefühl. Sein Gang war schwebender. Außerdem schien er seine Bewegungen durch Gedanken steuern zu können. Er machte meterweite Sprünge, wenn er sich vorwärts dachte. Und er fing an zu schweben, wenn er sich vorstellte, leicht wie Luft zu sein.

»Wow, Wahnsinn!«, dachte Max. »Gar nicht so schlecht als Gespenst!«

Doch da beschlich ihn ein schrecklicher Gedanke. Wenn er sich tatsächlich verdoppelt hatte, dann sah er noch immer aus wie Max. Und Zwurg würde ihn auf den ersten Blick erkennen.

Max wollte ganz sichergehen. Er schwebte zum Delfinteich, um sich in der glatten Wasserfläche zu betrachten.

Das Spiegelbild zeigte ihm, dass er genauso aussah wie immer – vielleicht ein bisschen verschwommener, ein bisschen undeutlicher … Aber er war unverkennbar Max!

»Mist!« Max war überzeugt, dass nun sein ganzer Plan scheitern würde. »Wenn ich wenigstens einen Schnurrbart hätte …«
Kaum hatte er diesen Gedanken ausgesprochen, kribbelte es auf seiner Oberlippe, und als Max mit den Fingern darüber strich, spürte er sanftes Gekräusel.
»Ich kann mich verändern«, dachte er triumphierend. »Ich brauche mir nur vorzustellen, was anders sein soll – und schon geschieht es.«
Es funktionierte tatsächlich. Und so kam Max zu wunderschönen, violetten Elefantenohren und einem großen gedrehten Horn, das mitten auf der Stirn saß. Seine Augenbrauen wurden schwarz und buschig, an seinem Kinn spross ein Ziegenbart und Arme und

Beine waren auf einmal mit flauschigem Tigerfell überzogen. Die Turnschuhe verwandelten sich in Hufe und Max' eher zarte Hände wurden zu mächtigen Pranken, die aussahen, als könnten sie ordentlich zupacken.
Endlich war Max mit seinem Aussehen zufrieden. So würde ihn bestimmt keiner erkennen. Er war der große Geist Maximilian!
Jetzt musste er sich aber sputen! Max hatte keine Ahnung, wie viel Zeit schon verstrichen war.
Im Schuppen war es ziemlich finster, trotzdem konnte Max alle Einzelheiten gut erkennen. Gespenster hatten offenbar schärfere Sinne als Menschen! Max konnte nicht nur besser sehen, er roch auch, dass im Schuppen unter dem Holzfußboden zwei Mäuse wohnten. Und im Komposthaufen hinter dem Schuppen musste ein Igel überwintert haben ... Jetzt konnte er endlich Salabim verstehen, der Bosheit erschnuppern konnte!
Max öffnete die Truhe, die äußerlich wie eine normale Holztruhe aussah. Doch kaum hatte er den Deckel angehoben, wurde er von einem starken Luftsog erfasst. Unmöglich, dagegen anzukämpfen! Hartriegel hatte nicht zu viel versprochen. Es war tatsächlich eine GESPENSTERKLAPPE und eine enorm starke Kraft saugte Max durch einen langen, kurvenreichen Tunnel.

Einmal war Max im Schwimmbad auf einer Riesenrutsche gewesen, das hatte sich ganz ähnlich angefühlt. Unvermittelt war die rasende Fahrt zu Ende, aber anstatt in einem Wasserbecken landete Max in einem riesigen Haufen FANGSAND.

Fangsand war ein Gemisch aus feinkörnigem Ostseesand und Sägemehl. Es wurde durch einen Zauber so klebrig, dass jedes Gespenst darin hängenblieb.

Max bewegte sich mühsam vorwärts. Es war, als würde er durch zähen Hefeteig stapfen. Und jetzt? Wie sollte er aus dieser Gespensterfalle herauskommen? Das hatte ihm Hartriegel nicht gesagt!

Schon wieder wollte Panik in ihm hochsteigen. Aber Max zwang sich, ruhig zu bleiben und nachzudenken. Er hatte schon öfter beobachtet, wie Hartriegel kleinere Gespenster mit Fangsand festgehalten und dann wieder davon befreit hatte. Man musste den richtigen Zauberspruch aufsagen, dann verlor der Sand seine Klebrigkeit. Max versuchte, sich an Hartriegels Worte zu erinnern.

»Des Fischers Netz ist übervoll,
des Schreiners Werk vollbracht.
Der Sand macht, was er machen soll,
doch jetzt kommt bald die Nacht.
Hörst du des Meeres Brausen?
Fangsand, lass alles sausen!«

Am liebsten hätte Max laut gejubelt, denn es klappte und der Sand ließ ihn los. Max kletterte den Sandhügel herunter und klopfte sich ab.
Dann sah er sich um. In welchem Teil des Gespensterparks war er gelandet? Er ging ein paar Schritte, drehte sich im Kreis und schlug eine neue Richtung ein. Noch hatte er keine Orientierung. Während er sich zurechtzufinden versuchte, segelte plötzlich etwas vor ihm durch die Luft. Es war ein winzig kleines Gespenst, völlig durchsichtig und kaum größer als ein Tennisball. In den beiden noch winzigeren Händchen hielt es eine Eichel.
»He, du«, rief Max. »Kannst du mir vielleicht sagen –«
Das Gespenst wandte den Kopf, machte »Plopp« und zerplatzte. Die Eichel fiel auf den Boden und rollte vor Max' Hufe.
Max frage sich, ob das Gespenst vor lauter Schreck geplatzt war, weil er es so unvermutet angesprochen hatte. Dann fiel ihm auf, dass von links noch weitere dieser Gespenster durch die Luft trieben. Manche schwebten ganz hoch und waren kaum zu sehen, andere segelten dicht über dem Erdboden. Max musste unwillkürlich an Seifenblasen denken. Neugierig ging er in die Richtung, aus der die Gespenster kamen.
Mit einem Mal wusste er wieder, wo er war. Er befand sich am Fuße des Monsterhügels. In einiger Ent-

fernung erkannte Max einen Windbläser. Er hockte vor einem großen Holzkübel, der mit einer schaumigen Flüssigkeit gefüllt war. Immer wieder tauchte der Windbläser einen Ring in den Kübel, hielt ihn dann vor den Mund und pustete.
Es entstand eine Seifenblase ... und ihr wuchsen ein Kopf und kleine Arme und Beine. Der Windbläser nahm eine Eichel aus einem Korb, drückte sie dem Seifenblasengespenst behutsam in die Hand und schickte es dann mit einem weiteren Puster auf die Reise durch die Luft.
Max konnte sich das Ganze nicht erklären, aber sicherlich gehörte es zu Zwurgs Plan. Ihm stockte fast das Herz –

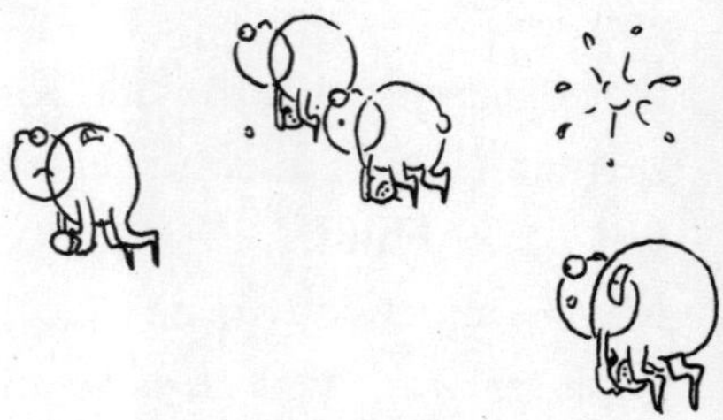

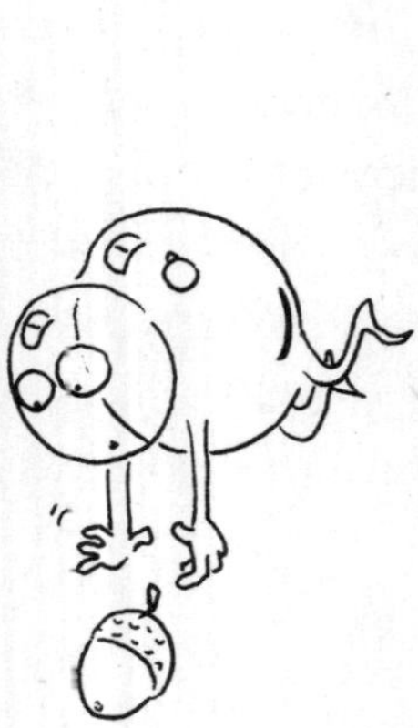

als Gespenst konnte er nämlich genauso erschrecken und aufgeregt sein wie als Mensch –, denn kaum hatte er an Zwurg gedacht, kam der hässliche Zwerg schon aus einer Hütte hervor und hinkte zu dem Windbläser.

»Kannst du nicht schneller machen?«, schnauzte Zwurg den Windbläser an und wühlte mit seinen langen Fingern in dem Korb. »Ich will, dass alle Zwitscher-Eicheln heute noch ausgesät werden. Aber du bist noch immer beim ersten Korb!«

Der Windbläser ließ den Ring sinken. »Wenn ich zu

kräftig blase, zerplatzen die Gespenster schon auf den ersten Metern und erreichen die Menschenwelt nie ... Man muss es mit Gefühl tun!«

»Mit Gefühl«, schnaubte Zwurg verächtlich. »Gefühle hab ich mir längst abgewöhnt. – Aber wie riecht es denn hier?« Er schnüffelte geräuschvoll. »Hier treibt sich doch irgendwo ein Fremder herum!«

Sein Blick wanderte suchend durch die Gegend. Die Augen drehten sich wie zwei Radarschirme. Und schon hatte sein neongrünes Auge Max erspäht.

Max durchfuhr es siedend heiß. Der entscheidende Moment war gekommen. Ob er Zwurg mit seiner Verwandlung täuschen konnte?

»Hallo, Kumpel«, sagte Max und versuchte, so lässig wie möglich zu klingen. »Hab gehört, dass du Großes vorhast. Tolle Leistung, Kumpel. Das war schon längst fällig. Da würde ich echt gerne mitmachen.«

Zwurg blinzelte misstrauisch und kam näher an die magische Sperre, die Max und Zwurg voneinander trennte.

Max hielt den Atem an. Hatte er es übertrieben?

»Wer bist du?«, grunzte Zwurg.

»Man nennt mich Maximilian«, fantasierte Max erleichtert los. »Viele Jahre lang hauste ich auf einer einsamen Insel in einem alten Leuchtturm. Von einem blinden Fischer, den ich täuschen konnte, bekam ich alles, was ich brauchte. – Aber dann hat man mich geschnappt. Kaan vom *Geheimen Rat der Zwölf* war daran schuld. Man fing mich ein und warf mich durch die Gespensterklappe. So bin ich hier im Park gelandet. Der Fangsand wollte mich festhalten, aber der Zauber war nicht mehr stark genug …«

»Mein Werk«, sagte Zwurg mit kaum unterdrücktem Stolz in der Stimme. »Hier funktioniert so einiges nicht mehr. Ich habe schon etliche Absperrungen lahmgelegt.

Und auch der Zauber der magischen Tore ist längst nicht mehr so stark, wie sich der GRZ einbildet!« Er spuckte aus, so als würde ihm schon allein vom Gedanken an den *Geheimen Rat der Zwölf* übel.

»Super gemacht«, lobte Max ihn. »Das hätte kein anderes Gespenst geschafft! Du bist ja noch besser, als ich gedacht habe.«

Zwurg plusterte sich vor Stolz auf. »Am liebsten würde ich auch den Notzauber vernichten, aber leider bin ich da noch nicht rangekommen. Na ja, macht nichts. Ich glaube, dieser Trottel von Hartriegel weiß gar nicht, dass er überhaupt existiert. Und seine beiden lächerlichen Helfer, diese Menschenkindlinge, wissen erst recht nichts …«

Max spitzte seine Elefantenohren. »Was ist das für ein Notzauber?«, fragte er und bemühte sich, seine Stimme gleichgültig klingen zu lassen.

»Es ist wohl so eine Art Katastrophen-Schutz. Ein

starker Zauber, der alle Gespenster zurück an ihren Platz bannt und dort festhält. Der Spruch steht auf einem Stück Pergament, das ich gerne verbrannt hätte. Leider kriege ich den Tresor nicht auf. Aber unser Plan wird auch so klappen, davon bin ich überzeugt.«

»Na klar«, sagte Max. Er hätte natürlich gern gewusst, wo sich der Tresor befand. Aber neugierige Fragen hätten Zwurg sicher misstrauisch gemacht. »Du hast ja alles toll organisiert, wie ich gehört habe. Hast dir sogar einen Kindling geschnappt …«

Zwurgs Miene wurde nachdenklich. »Ich hoffe, dass der andere Kindling bald die Schlüssel bringt …«

Max fühlte sich jetzt sicher. »Hast du ihm auch ordentlich Angst gemacht?«

»Berengar hat ihn sich vorgeknöpft. Er hat berichtet, dass der Kindling geschlottert hat«, sagte Zwurg.

»Schlottern heißt noch gar nichts«, sagte Max forsch. »Der Angstschweiß muss richtig rinnen! Ich wette, der Kindling bringt die Schlüssel nicht! Du musst ihm erst noch einen Brief schreiben …«

»Einen Brief?«, fragte Zwurg.

»Ja, einen Erpresserbrief«, fuhr Max fort, der spürte, dass Zwurg anbiss. »Da musst du schreckliche Sachen reinschreiben. Zum Beispiel, dass man Sophie die schönen Haare abschneiden wird, wenn sich der andere Kindling nicht mit den Schlüsseln beeilt. Und wenn er weiter trödelt, dann wird man Sophie eine

hässliche Nase ins Gesicht zaubern, die sie ihr Leben lang nicht mehr loswird …«

»Das mit der Nase ist nicht so einfach«, sagte Zwurg stirnrunzelnd.

»Das wissen die Menschen doch nicht«, meinte Max. »Du kannst ruhig dick und fett lügen. Erzähl ihnen, dass Sophie auch ganz schreckliche Ohren bekommen wird – ungefähr wie meine.« Er deutete auf seine Elefantenohren. »Mädchen achten immer ganz schrecklich auf ihr Äußeres und ich glaube, es wäre auch für den Jungen furchtbar, wenn seine Freundin mit solchen Ohren rumlaufen müsste.«

»Du bist ganz schön schlau.« Die Bewunderung in Zwurgs Stimme klang echt. »Woher weißt du das alles?«

Es wäre Max um ein Haar rausgerutscht, dass er im Fernsehen schon etliche Krimis gesehen hatte – zum großen Unmut seiner Mutter – und deshalb wusste, wie Erpresser vorgingen. Doch damit hätte er sich bestimmt verraten.

»Ich habe von dem blinden Fischer so einiges über die Menschen erfahren«, antwortete er deshalb ausweichend. »Vielleicht sollte ich das mit dem Brief übernehmen. Wo ist denn die Gefangene? Möglicherweise könnte ich noch ein paar nützliche Einzelheiten rauskriegen …«

»Sie sitzt in meinem Gewächshaus«, antwortete Zwurg. »Ich kann mir vorstellen, dass du ein besserer Wächter bist als dieser Klirrel. Der ist so dämlich, dass er meine ganzen Pflänzchen kaputtgemacht hat. – Komm doch rüber zu uns. Die magische Absperrung funktioniert zwar noch, aber sie ist längst nicht mehr so stark wie vorher.«

Als Max ein paar Schritte vorwärts machte, bekam er einen elektrischen Schlag. Für einen Moment blieb ihm die Luft weg. Auf wackeligen Beinen näherte er sich Zwurg und dem Windbläser, der noch immer Seifenblasen-Gespenster in die Luft pustete.

»Wozu tut er das?«, wollte Max wissen.

»Um die Eicheln zu den Menschen zu bringen«, antwortete Zwurg. »Die kleinen Gespenster können durch ihre spezielle chemische Zusammensetzung die Sperre zwischen Gespensterwelt und Menschenwelt überwinden. Und wenn die Gespenster platzen, dann fallen die Eicheln zu Boden und irgendwann entsteht daraus ein Baum.« Er grinste verschlagen und erklärte Max, was es mit den Zwitscher-Eichen auf sich hatte. Er erzählte ihm auch von seinem Plan, singende Bohnen auszustreuen. Diese Pflanzen sollten die Menschen mit ihrem Gesang in eine Art Trance versetzen.

»Sie werden überall hinaufkriechen, diese Bohnengewächse, an den Hauswänden, an den Garagen, an den Zäunen und Balkonen … Und die Menschen werden es nicht aushalten können und den Platz für uns räumen.«

»Geniale Idee«, sagte Max gelassen, während es ihm innerlich eiskalt wurde.

»Aber zuerst müssen die Eicheln ausgesät werden, bevor die Bohnen drankommen«, meinte Zwurg. »Mach weiter, Windbläser. Wer hat gesagt, dass du pausieren sollst?«

Der Windbläser seufzte und tauchte gehorsam seinen Ring in die Seifenlauge.

Zwurg führte Max um den Hügel herum zu dem Gewächshaus, in dem Sophie gefangen war.

»Der Tresor, von dem du vorhin geredet hast«, fragte Max unterwegs, »wo ist der denn? Ich kenne mich ein wenig mit Menschendingen aus. Vielleicht kriege ich ihn auf.«

»Kannst es ruhig versuchen«, erwiderte Zwurg. »Er ist in dem Turm, in dem Hartriegel dieses ganze Gespensterzeug aufbewahrt. Dort hängt ein Gemälde an der Wand, das Bild des früheren Schlossherrn, Balthasar von Fleuch. Dahinter ist der Tresor. Wirst dir deine Reißzähne daran ausbeißen.«

Sie betraten das Gewächshaus. Sophie blickte den beiden unsicher entgegen. Max fiel ein Stein vom Herzen, als er sie sah. Sophie war offenbar gesund und wohlauf.

»Ich bring dir jemanden, der sich um dich kümmern wird«, sagte Zwurg. Seine Augen, die sich nach verschiedenen Seiten drehten, wurden plötzlich groß und er stieß einen Wutschrei aus.

»Meine Pflanzen! Alle erfroren!« Er stürzte sich auf den Schlottergeist, der in einer Ecke hockte und scheuchte ihn hoch. »Du unfähiger Kerl, du! Scher dich fort! Wegen dir sind alle meine Pflänzchen kaputt! So erfahre ich nie, ob mein Wachstumsbeschleuniger funktioniert.«

Er wartete Klirrels Entschuldigung gar nicht ab, sondern schob den Geist einfach aus dem Gewächshaus. »Ich will gar nicht hören, was du zu sagen hast. Du

bist ein unfähiger Trottel! Sobald wir frei sind, geht's mit dir wieder ab in den hohen Norden, das versichere ich dir!«
Noch immer wutschnaubend wandte Zwurg sich zu Sophie. »Jetzt bist du dran. Hör zu: Du wirst deinem Freund jetzt einen Brief schreiben!«
»Einen Brief?«, wiederholte Sophie verständnislos.
»Ja, damit dein Freund tut, was ich von ihm will«, sagte Zwurg. »Ich bin gleich wieder da, ich hole nur Papier und Tinte ...«
Er drehte sich um und schlurfte aus dem Gewächshaus.
Max blieb mit Sophie allein.

Max frohlockte. Das lief ja besser, als er gedacht hatte!
»Sophie«, sagte er voller Erleichterung und legte ihr sanft eine Pranke auf die Schulter. »Ich bin's, Max.«
Starr vor Schreck sah Sophie ihn an. Dann schüttelte sie voller Ekel seine Pranke ab.

Flucht aus dem Gespensterpark

»Ich weiß, wie Max aussieht«, sagte Sophie mit fester Stimme. »Du hast nicht die geringste Ähnlichkeit mit ihm. Du brauchst dir nicht einzubilden, dass ich auf so einen blöden Trick reinfalle.«
Max hatte versucht, ihr alles zu erklären. Doch obwohl er noch so oft beteuerte, dass er zum Gespenst geworden war, um sie zu retten, glaubte Sophie ihm kein Wort.
»Beweis es«, forderte sie.
Max streckte seine hässliche Pranke aus. »Guck zu. Das Ding wird sich gleich in meine Hand zurückverwandeln.«
»Da bin ich ja mal gespannt«, sagte Sophie.
Max konzentrierte sich. Er stellte sich genau vor, wie die Pranke schrumpfte und seine Finger wieder schmal und feingliedrig wurden. Nichts geschah. Max versuchte es noch einmal. Er kniff sogar die Augen zu. Nichts.
»Haha«, sagte Sophie spöttisch. »Ich bin völlig überzeugt.«
»Ich versteh das nicht«, sagte Max verdutzt und starrte auf seine Hand. »Vorhin hat es total gut ge-

klappt. Ich brauchte mir nur zu wünschen, wie ich aussehen will – und schon war ich verwandelt.« Er warf Sophie einen hilfesuchenden Blick zu. »Aber ich bin Max, ehrlich. Wir gehen zusammen in eine Klasse. Und ich weiß viele Sachen über dich. Beispielsweise, dass Mathe der blanke Horror für dich ist.«

Sophie zuckte die Schultern. »Das kann dir jemand erzählt haben.«

»Wir haben letztes Weihnachten zusammen in einem Theaterstück mitgespielt.«

»Das wissen außer Max auch andere Leute. Erzähl mir etwas, das nur Max und ich wissen können.«

Max überlegte. »Na gut«, sagte er dann. »Damals, als die Flussfrau Mafalda hinter mir her war und du mich gerettet hast ... als ich ohnmächtig am Boden lag ... da ... da hast du mir einen Kuss gegeben.«

Sophie starrte ihn ungläubig an. Dann wurde sie knallrot.

»Du hast immer so getan, als hättest du das gar nicht gemerkt. Außerdem war's eine Mund-zu-Mund-Beatmung.«

»Glaubt du mir jetzt, dass ich Max bin?«, fragte Max.

Sophie schluckte. »Kann sein. Vielleicht.« Dann schüttelte sie den Kopf und musste grinsen. »Aber du siehst unglaublich scheußlich aus!«

»Das vergeht wieder«, beteuerte Max halbherzig. Er war sich in diesem Punkt ganz und gar nicht mehr sicher, nachdem die Rückverwandlung der Hand vorhin nicht geklappt hatte. Aber sein Aussehen war momentan nebensächlich. Es gab Wichtigeres. »Hör zu, ich will dich hier rausbringen.«
Sophie sah sich um. »Zwurg wird sicher gleich zurück sein. Ich glaube, er kommt schon.«
»Du musst auf alle Fälle so tun, als würdest du das ganze Spiel mitspielen«, flüsterte Max ihr noch zu.
Da erschien Zwurg schon am Eingang des Gewächshauses. Er hatte eine große Papierrolle, ein Tintenfass und eine Schreibfeder mitgebracht und breitete alles vor Sophie auf einem kleinen Tischchen aus.
»Los, schreib«, befahl Max barsch. *»Mein lieber Freund!«*
»Mein lieber Freund«, wiederholte Sophie. Sie kritzelte mit der Schreibfeder ungelenk über das Papier.
»Wenn du mich heil wiedersehen willst, dann rück so schnell wie möglich die Schlüssel raus«, diktierte Max weiter und trommelte ungeduldig mit seiner Pranke auf das Tischchen.
Zwurg grunzte zufrieden. »Ich merke schon, du weißt, wie man mit Menschen umspringt.«
Max grinste ihn an. Dann fuhr er fort: *»… sonst werden mir die Gespenster zuerst die Haare abschneiden und dann eine hässliche Nase anhexen.«*

Sophie warf ihm einen fragenden Blick zu.
»Schreib schon«, kommandierte Max. »*Wenn du Zwurgs Wünsche nicht schnellstmöglich erfüllst, wird er mir außerdem scheußliche Elefantenohren anzaubern.*«
Sophie hatte einige Tintenkleckse gemacht. »Ich bin so weit«, sagte sie dann eingeschüchtert. »War das alles?«
»Beeil dich, Max!«, gab Max vor. *»Gruß – Sophie.«*
»Woher weißt du, dass der Kindling Max heißt?«, fragte Zwurg misstrauisch.
Max merkte, dass er einen Fehler gemacht hatte. »Hat die mir gesagt«, antwortete er schnell und deutete auf Sophie.
Sophie nickte und rollte den Brief zusammen. »Die Tinte ist trocken. Wohin damit?«
»Ja, wie kommt der Brief jetzt zu dem Kindling?«, überlegte Zwurg und kratzte sich am Kopf.
»Durch die *Zerberus-Schleuder* vielleicht?«, schlug Sophie listig vor. Sie witterte eine Chance zur Flucht.
Als hätte Zwurg ihre Gedanken gelesen, wanderte sein Blick erst zu Sophie und dann zu Max und schließlich zu beiden gleichzeitig. Misstrauisch funkelten seine Augen.
»Ich dachte …«, stotterte Sophie, »wenn ich den Brief eigenhändig in sein Maul stecke, wird Zerberus

ihn bestimmt befördern.« Hoffentlich klang es überzeugend!
Zwurg schien unentschlossen zu sein.
Sophies Herz pochte heftig. Ob Zwurg sie durchschaut hatte?
Jetzt mischte sich Max ein. »Das ist wirklich eine gute Idee! Ich kann sie ja begleiten und auf sie aufpassen«, bot er an. »Und … ähäm … dabei kann ich sie gleich noch ein bisschen piesacken, damit sie keine Dummheiten macht.«
Zwurg zögerte noch immer. »Hm … Ich sollte lieber selber mitgehen … Aber ich muss mich leider noch um so viele andere Dinge kümmern.« Zwurg sah Max prüfend an. Der versuchte, nach außen hin ganz gelassen zu bleiben.
»Bewachst du die Gefangene auch gut?«, fragte Zwurg.
»Klar«, versicherte Max. »Wenn sie den kleinsten Versuch macht abzuhauen, wird sie was erleben.« Er legte seine Pranke auf Sophies Schulter.
Sophie schielte mit gespielter Angst zu ihm hoch. »Ich glaube, ich würde lieber mit Zwurg gehen«, sagte sie.
Zwurg sah zufrieden aus. »Und du bringst die Gefangene auch umgehend zurück?«
»Wir werden schneller sein als der Wind«, versprach Max.

»In Ordnung.« Zwurg nickte. »Dann geh mit ihr.«
Max schob Sophie in Richtung Tür. »Da geht's lang, marsch!«
Sophie schnitt eine Grimasse, als sei ihr das alles höchst unangenehm. So verließen sie das Gewächshaus.
»Und wenn er den Trick durchschaut«, flüsterte Sophie, als sie außer Hörweite waren.
»Dann sind wir hoffentlich schon über alle Berge«, gab Max ebenso leise zurück. »Wir müssen aber vorher unbedingt zum Turm. Dort gibt es einen Tresor, in dem ein Notfall-Zauberspruch aufbewahrt wird. Mit dem lassen sich alle Absperrungen wiederherstellen.«
Sophie wäre lieber schnurstracks zur *Zerberus-Schleuder* gelaufen. Sie fand es gefährlich, einen Umweg zu machen. Andererseits hatte Max recht – es war dringend nötig, alle Absperrungen wiederherzustellen.
»Glaubst du, du kriegst den Tresor auf?«, fragte sie zweifelnd.
»Wir müssen es versuchen«, antwortete Max. »Bis der GZR Wind von dem Gespensteraufstand bekommt und eingreift, ist Zwurg mit seiner Bande schon über alle Berge. Der Notzauber ist die Rettung. Wenn ich den Tresor allerdings nicht öffnen kann …«
»… und wir erwischt werden …«, ergänzte Sophie.

»Tja, dann haben wir Pech gehabt«, sagte Max. »Aber komm, daran dürfen wir einfach nicht denken.«
Er zog sie weiter. Als sie den Monsterhügel verließen, bekamen sie wieder einen elektrischen Schlag, aber er kam Max nicht mehr so stark vor wie der erste. Die magischen Sperren schienen tatsächlich schwächer zu werden – genau wie es Zwurg angekündigt hatte.
»Zum Turm geht's aber nach rechts«, sagte Sophie, als Max nach links wollte.
»Sicher?« Max stutzte.
»Ja, bestimmt«, versicherte ihm Sophie. »Wir müssen hier entlang.«
Max verließ sich auf ihr Urteil und folgte ihr. Tatsächlich erreichten sie kurz darauf den kleinen Turm.
»Ich scheine wirklich einen schlechten Orientierungssinn zu haben«, brummte Max. »Wahrscheinlich werde ich mich noch in zehn Jahren dauernd im Gespensterpark verlaufen.«
Bevor sie den Turm betraten, sahen sie sich vorsichtig um.
»Offenbar ist uns niemand gefolgt«, stellte Max fest.
»Hoffentlich«, sagte Sophie. Sie hatte unterwegs das Gefühl gehabt, von allen Seiten beobachtet zu werden, aber wahrscheinlich litt sie allmählich an Verfolgungswahn. Es hatte sie doch ziemlich mitgenommen, Zwurgs Gefangene zu sein.

Im Innern des Turms war es düster.
»Puh, hier ist ja schön gehaust worden«, meinte Sophie, als sie die Verwüstung sah. »Das war ganze Arbeit.«
Max sah sich suchend nach dem Bild um, von dem Zwurg gesprochen hatte. Neben einem Schrank entdeckte er das Gemälde, das einen ernst blickenden Mann zeigte – Balthasar von Fleuch, den verstorbenen Schlossherrn.
»Hinter dem Bild muss der Tresor sein«, sagte Max.
Sophie rückte das Gemälde beiseite. »Tatsächlich. Hier ist er. Mit Zahlenschloss.« Sie hängte das Bild vorsichtig ab und lehnte es gegen die Wand. Dann sah sie Max an. »Jetzt brauchen wir nur die Geheimzahl …«
»Warte.« Max überlegte. Natürlich wusste er die Geheimzahl nicht – und bei einer vierstelligen Zahl gab es unzählige Kombinationsmöglichkeiten. Doch da kam ihm ein Einfall. Vielleicht war es dieselbe Zahl, mit der er den Tresor in Hartriegels Büro geöffnet hatte. Allerdings konnte Max unmöglich mit seinen Pranken die Ziffern selber einstellen.
»Versuch's«, sagte er zu Sophie. »Die erste Ziffer lautet *vier*.«
»Pah«, meinte Sophie spöttisch. »Als Gespenst kennst du wohl auch alle Geheimzahlen.« Ohne große Hoffnung auf Erfolg drehte sie an dem ersten Rädchen.

»*Sieben.*«
»Angeber.«
»*Null.*«
»Natürlich.«
»*Drei.*«
»Ich lach mich gleich tot.« Sophie riss die Augen auf. Der Tresor sprang auf. Dahinter lag ein Stück Pergament – genau wie Zwurg es gesagt hatte.
»Hol es raus, schnell!« Max war ganz aufgeregt.
Sophie zog es hervor und glättete es. Gemeinsam beugten sie sich über den Text und versuchten, ihn zu entziffern. Die Buchstaben des Zauberspruchs tanzten vor ihren Augen.
»Zauberschrift«, sagte Max. »Genau wie im GE-

SPENSTERFÜHRER. Zu dumm, dass wir die magische Brille nicht haben. Die liegt noch in Hartriegels Büro.«
»Dann nehmen wir den Zauberspruch mit«, entschied Sophie und schob das Pergament rasch unter ihren Pullover.
»Ihr werdet nichts mitnehmen«, sagte plötzlich eine Stimme vom Eingang her.
Max und Sophie fuhren herum.
In der hellen Türöffnung stand eine gekrümmte, dunkle Gestalt. Lila und neongrün glühten die Augen.
Es war Zwurg.
Sophie erstarrte vor Schreck. Jetzt war alles verloren!
»Ich weiß nicht, wer du bist und was du willst«, sagte Zwurg grollend zu Max. »Auf alle Fälle scheinst du ein Menschenfreund zu sein!« Er schüttelte sich vor Ekel. »Du machst mit den Menschlingen gemeinsame Sache. Und du hast geglaubt, mich reinlegen zu können. Das war leider ein Irrtum!« Er machte drei Schritte vorwärts und streckte seine klauenartige Hand aus. »Jetzt her mit dem Pergament!«
Max hätte sich ohrfeigen können. Wären sie nur gleich zur *Zerberus-Schleuder* gelaufen und hätten den Turm einfach links liegenlassen! Warum hatte er unbedingt Retter des Gespensterparks spielen wollen?

»Los, her mit dem Ding!«, wiederholte Zwurg. Seine Stimme klang ungeduldig.
Sophie schielte zur Seite. Nur einen Meter entfernt stand eine große Papiertüte. Sie war halb offen. Der Inhalt sah mehlig aus. Fangsand?
Sophie spannte alle Muskeln. Sie konnte gut werfen. Vielleicht hatten sie doch noch eine Chance.
»HER DAMIT!«
Blitzartig schnellte Sophie nach links, tauchte ihre Hände in die Tüte und schleuderte so viel, wie sie von dem Inhalt packen konnte, gegen Zwurg.
Hoffentlich war es nicht nur Hornmehl, das zum Düngen verwendet wurde!
»AHHHH!!! DUUUUU!!!«
Zwurg schnaubte vor Zorn. Das Mehl war ihm zuerst gegen die Brust geklatscht und dann auf den Boden gerieselt. Jetzt hing er mit einem Fuß fest.
Sophie hätte am liebsten laut gejubelt.
»Komm, Max!«
Sie griff nach seinem Arm und die Kinder rannten an Zwurg vorbei zum Ausgang. Der Zwerg tobte, fuchtelte wild mit den Armen und erwischte Sophies Haar. Sophie schrie vor Schmerz auf. Sie wand sich in Zwurgs Griff, biss in seine Hand und kam frei. Max zerrte sie weiter, während Zwurg wutentbrannt versuchte, sich an den Gegenzauber zu erinnern.

»Des Fischers Bett ist ungemacht, des Schusters Schuh zu eng … Falsch! Jetzt kommt bald … bald die Nacht, und vom Meeresbrausen kriegt man Ohrensausen … VERFLUCHT!«

Max und Sophie rannten und rannten, als wären ihnen Scharen von Gespenstern auf den Fersen. Aber niemand hielt sie auf. Völlig atemlos kamen sie zur *Zerberus-Schleuder*.

»Du musst … musst Zerberus bitten … mich durchzulassen«, keuchte Max. »Schließlich … schließlich bin ich ein Gespenst!«

»Hab ich nicht vergessen«, gab Sophie zurück. Sie warf ihm einen Blick zu. »Kann ich gar nicht – so, wie du aussiehst.«

Dann wandte sie sich an Zerberus.

»Hallo, Zerberus. Du kennst mich. Ich bin Sophie. Und der neben mir ist Max. Den kennst du auch. Er ist im Moment ein Gespenst. Nur zur Tarnung … In Wirklichkeit ist er ein Mensch und wird sich bald zurückverwandeln. Also bitte – lass uns beide durch, ja?«

Zerberus schien zu überlegen.

MENSCHEN WERDEN ZU GESPENSTERN? DAVON HAB ICH NOCH NIE GEHÖRT. WAS GEHT HIER EIGENTLICH VOR? MIR SIND DA EINIGE GERÜCHTE ZU OHREN GEKOMMEN …

»Das erzählen wir dir ein andermal ganz genau«, versprach Sophie. »Es eilt. Bitte mach einfach dein Maul auf!«

Sie landeten in der Eingangshalle des Schlosses. Max war so erleichtert wie noch nie. Bis zum letzten Moment hatte er Angst gehabt, dass es sich Zerberus doch anders überlegen könnte. Oder dass sie beide nach all ihrem Pech vielleicht auch noch in den unheimlichen Rachen hinabstürzen würden …
Aber es hatte geklappt. Sie waren wieder im Schloss. Max zog Sophie vom Boden hoch.
»Hast du das Pergament noch?«
»Klar.«
Die beiden liefen eilig zu Hartriegels Büro. Als Max die Tür aufriss, ertönte ein dreifaches »Huch!«
Hartriegel zog automatisch die Bettdecke bis zum Kinn und der Steinerweicher sprang mit einem großen Satz auf das oberste Bücherregal. Nur Salabim blieb stocksteif stehen und starrte Max an.
»Den Geruch kenne ich doch. Es riecht … es riecht nach Max! Du bist es, Herr! Du riechst noch genauso …«
»Wie gut, dass Zwurg offenbar keine so feine Nase hat wie du«, antwortete Max. »Sonst hätte er mich schon im ersten Moment entlarvt.«
Hartriegel schlug die Bettdecke zurück. »Ist das wahr?

Bist du es wirklich? Meine Güte, ich hätte dich nie im Leben wiedererkannt. Siehst du scheußlich aus!«

»Wo ist die magische Brille?«, fragte Sophie. »Wir müssen den Notzauber anwenden. Im Gespensterpark geht's drunter und drüber. Die Absperrungen funktionieren zum größten Teil nicht mehr.«

»Welchen Notzauber?«, fragte Hartriegel. Er wusste tatsächlich nichts von dem zweiten Tresor und dem Pergament mit dem verschlüsselten Zauberspruch. Es war ihm sehr peinlich. »Der GRZ muss vergessen haben, mich darauf hinzuweisen. Ein Notzauber.« Er nickte. »Das ist eine sehr sinnvolle Einrichtung – gerade in einem Fall wie diesem.«

»Er bannt alle Gespenster an ihre Plätze«, erklärte Max.

Sophie hatte inzwischen die magische Brille vom Schreibtisch genommen und aufgesetzt. Nachdem sie das Pergament entrollt hatte, las sie laut vor:

Vernehmt den Spruch der Meister!
Zurück, zurück, ihr Geister!
Es ruht,
was ihr tut.
Kein Weg ist zu weit.
Wo immer ihr seid,
zurück euch schafft
die magische Kraft!

Kaum ließ sie das Pergament sinken, erfasste ein plötzlicher Sog Salabim und zog ihn zur Tür hinaus – zurück in den Kronleuchter in der Eingangshalle. Schuschu erging es kaum besser. Die magische Kraft bannte ihn in einen von Hartriegels Büroschränken, wo Schuschu in der letzten Zeit zu Hause gewesen war.

Im ersten Moment war der Steinerweicher völlig verdattert, dann heulte er los. »Ich will hier raus … ich hab doch nichts getan … huhuhu …«

»Upps«, sagte Sophie verwundert. »Der Zauber gilt offenbar auch für Salabim und Schuschu.« Und sie kniete sich vor den Schrank, um den Steinerweicher ein wenig zu trösten und ihm zu sagen, dass er bestimmt nicht lange eingesperrt sein würde. Schuschu beruhigte sich rasch. Er wusste, dass er Sophie vertrauen konnte.

»Ihr habt den Gespensterpark gerettet«, sagte Hartriegel und stieß einen Seufzer der Erleichterung aus.

»Der Zauber … der Zauber gilt auch für mich … glaube ich …«, ächzte Max im selben Moment.

Er fühlte, wie eine mächtige Kraft ihn erfasste. Sie zog und zog an ihm, bis er das Gleichgewicht verlor und auf den Boden fiel. Der unheimliche Sog zerrte ihn rückwärts. Schon prallte er mit dem Rücken gegen die Wand.

Sophie und Hartriegel sahen fassungslos zu, wie sich die Wand öffnete, Max verschluckte und danach wieder schloss.

»MAX!«, schrie Sophie voller Panik und stürzte aus dem Büro. Doch der Flur war bereits leer. Sie rannte zur Einganghalle. Im Kronleuchter hing Salabim und jammerte. »Hol mich da runter! Ich bin hier wie festgeklebt!« Er zappelte, sodass die Kristallplättchen klirrten.

»Ich muss erst Max finden«, rief Sophie zur Lampe hinauf.

»Er ist eben durch die Tür hinausgeflogen«, sagte Salabim und deutete mit dem Zeigefinger auf das Schlossportal. »Rückwärts. Und die Tür war zu.«

»Danke«, antwortete Sophie und wandte sich zum Ausgang.

»Aber was ist mit mir?«, rief Salabim ihr hinterher.

»Wir werden uns sobald wie möglich um dich kümmern, Ehrenwort!«, versprach Sophie, öffnete die Eingangstür und war draußen. Mit großen Sprüngen lief sie die Treppe hinunter. Unten angekommen blieb sie stehen und sah sich suchend um. Max musste ir-

gendwo sein – wahrscheinlich an dem Ort, an dem er zum Gespenst geworden war …
Sophie versuchte sich genau daran zu erinnern, was Max ihr im Gespensterpark über seine Verwandlung erzählt hatte. Er hatte von einem Fläschchen HOMO MUTANDUS geredet und davon, dass er sich einen Baum seines Vertrauens gesucht hatte …
Aber welchen? Es gab Dutzende von Bäumen im Schlosspark!
Voller Ungeduld und Sorge rannte Sophie los, einfach der Nase nach.
»Max! Wo bist du? Maaaaax!«
Sie hoffte, dass er Antwort geben würde …

Max hing an der Birke und klammerte sich fest. Die magische Kraft hatte ihn einfach aus dem Schloss heraus und in den Park zurückgesaugt. Es war ein merkwürdiges Gefühl gewesen, durch Wände und Türen zu fliegen – noch dazu rückwärts! Ihm war dabei fast Hören und Sehen vergangen.
Max war froh gewesen, als der Flug ein Ende gefunden hatte. Jetzt hing er an einem Ast des Baums, ein paar Meter über dem Boden.
Unten auf der Erde lag der andere Max, bleich und reglos …
Max hatte keine Ahnung, wie er es schaffen sollte, wieder ein Mensch zu werden. Der reglose Max und

Maximilian, der Geist, mussten irgendwie miteinander verschmelzen …

Max hielt noch immer den Ast umklammert. Als er loslassen und auf den Boden springen wollte, merkte er, dass es nicht ging. Seine Pranken klebten förmlich fest. »Der Notzauber …«, stöhnte Max. »Er bannt mich an diese Birke …«

War durch den Zauber seine Rückverwandlung gefährdet? Würde er sich überhaupt zurückverwandeln können? Die Zeit als Gespenst musste doch inzwischen nahezu abgelaufen sein.

Vielleicht war die Flüssigkeit doch schon zu alt gewesen und eine Rückverwandlung nicht mehr möglich. Würde er nun für immer ein Gespenst bleiben müssen? Oder würde er, wenn seine zwei Stunden als Gespenst vorbei waren, einfach sterben?

Max schluckte. Er fühlte sich auf einmal sehr elend. Da hörte er in der Ferne jemanden rufen.

»Maaaax!«

»Hier bin ich, Sophie!«, schrie Max zurück. »Hier, in der Birke …«

Wenige Sekunden später tauchte Sophie auf. Sie erschauderte, als sie den reglosen Max unter dem Baum liegen sah. Aufschluchzend kniete sie sich nieder und fasste seine Hände.

»O weh, eiskalt!«

»Ich bin hier oben, Sophie«, ächzte Max.

Ihr Blick wanderte zu den Zweigen hoch.
»Wer … wer ist jetzt … der Richtige?«, fragte sie verwirrt.
»Beide«, antwortete Max. »Ich meine … wir müssen irgendwie wieder *ein* Max werden. Allerdings weiß ich nicht, wie.« Im GESPENSTERFÜHRER hatte kein Wort über die Rückverwandlung gestanden. »Ich … wir … wir müssen einfach warten …«
Die Minuten verstrichen und Max fühlte sich immer elender. Sein Körper war inzwischen bleischwer. Er hatte den Eindruck, sich nicht mehr festhalten zu können – und trotzdem war es unmöglich, den Ast loszulassen.
Sophie machte sich große Sorgen. »Es ist bestimmt nicht gut, wenn er hier stundenlang liegt«, sagte sie und beugte sich über den liegenden Max. »Der Boden ist noch total kalt …«
Je länger sie warteten, desto verzweifelter wurde Sophie. Max' Körper schien so leblos … Sie versuchte, den Puls zu fühlen und wurde fast verrückt, weil sie ihn nicht finden konnte. Doch halt … vielleicht jetzt … ganz schwach … ein einzelner Pulsschlag …
»Ich würde am liebsten einen Notarzt rufen«, sagte sie.
Als sie aufblickte, sah Max, dass Tränen in ihren Augen schimmerten.

Aus dem linken Auge entwischte eine und rollte die Wange hinunter.

»Keinen Notarzt.« Max schüttelte seinen Gespensterkopf. Die großen Ohren schienen inzwischen Tonnen zu wiegen. »Wir können doch niemandem erklären, was hier passiert ist.«

»Aber wenn du stirbst?« Sophies Lippen zitterten unkontrolliert.

Wenn du stirbst …

Allmählich glaubte auch Max daran. Er sah Sophie nur stumm an.

Sophie heulte los. Hemmungslos. Sie warf sich über den liegenden Max, klopfte seine Wangen und rieb seine Arme und Beine.

»Du darfst nicht sterben, hörst du? Du bist doch mein bester Freund!«

Max spürte auf einmal einenTropfen auf seinem Gesicht. Er zuckte zusammen.

Noch ein Tropfen.

Jetzt merkte Max, dass er auf dem Boden lag. Er fror, die Arme und Beine waren ganz steif und Sophie rieb und massierte noch immer mit Leibeskräften an ihm herum. Es tat fast weh.

»Jetzt lass es doch mal gut sein«, murmelte er.

Ungläubig sah Sophie in sein Gesicht. Dann strahlte sie unvermittelt los. Als sie nach oben in den Baum sah, war Max, das Gespenst, verschwunden.

»Du hast's geschafft, Max! Hurra!«, jubelte sie. »Komm!« Sie zog ihn hoch.

»Langsam.« Max ächzte. Ihm war schwindelig, seine Beine waren wie Pudding und er hatte das Gefühl, dass er das Gehen erst wieder lernen musste.

Sophie stützte ihn und plapperte unentwegt auf ihn ein. »Zu Hause gehst du gleich in die heiße Badewanne. Und da bleibst du mindestens eine halbe Stunde drin. Und dann gehst du ins Bett. Ich ruf meine Eltern an, damit sie dich von hier abholen. Du kannst unmöglich mit dem Fahrrad heimfahren.«

Max wehrte ab und behauptete, er könnte sehr gut mit dem Fahrrad heimfahren, aber Sophie blieb hartnäckig.

»Ich muss dringend telefonieren«, sagte Sophie, als sie mit Max Hartriegels Büro betrat und sah, dass der Alte eifrig in den Hörer sprach.

»Es ist Hjalmar, der Bezirksbeauftragte vom *Geheimen Rat der Zwölf*«, erklärte Hartriegel, während er kurz die Muschel zuhielt. »Er hat angerufen, weil er auf seiner magischen Landkarte gesehen hat, dass bei uns der Notzauber ausgesprochen worden ist. Nun will Hjalmar wissen, was passiert ist.«

»Sagen Sie Hjalmar, dass es hier in der nächsten Zeit jede Menge zu tun gibt«, meinte Sophie. »Aber ich muss jetzt wirklich telefonieren. Max sollte schnellstens nach Hause und in die Badewanne! Ober-

dringend. Sonst kriegt er noch eine Lungenentzündung!«
Hartriegel bat Hjalmar, in fünf Minuten noch einmal anzurufen. Dann konnte Sophie endlich ihre Eltern verständigen.

»Mein Gott, du siehst ja aus wie ein Gespenst«, wurde Max von seiner Mutter begrüßt, als Sophies Mama ihn vor der Wohnungstür ablieferte. »Was hast du denn getrieben?«
Max' Zähne klapperten so heftig, dass er keine Antwort geben konnte. Aber Frau Hoppe verstand auch ohne Worte, dass ein heißes Bad für ihren Sohn jetzt das Beste war.
Während sich Max im Bad auszog und das heiße Wasser in die Wanne plätscherte, hörte er, wie sich die beiden Mütter draußen im Flur unterhielten. Wegen des rauschenden Wassers verstand er nicht viel, aber er begriff, dass sich das Gespräch um den Job der Kinder drehte und ob man diese Arbeit überhaupt verantworten könne. Als Max das Wasser abdrehte, hörte er deutlich, wie Sophies Mutter sagte: »Leider erzählt meine Tochter genauso wenig wie Ihr Sohn.«
In diesem Moment war Max alles egal. Er stieg in die Wanne und streckte sich wohlig aus. Herrlich! Seine Lebensgeister fingen langsam an, sich wieder zu regen.

Er machte aus dem Badeschaum kleine Gebirge, ließ gelegentlich heißes Wasser nachlaufen und dachte noch einmal daran, was am Nachmittag alles geschehen war. Ab und zu kam Frau Hoppe ins Bad – Sophies Mutter war inzwischen gegangen – und fragte, ob er etwas brauche. Aber Max schüttelte nur jedes Mal den Kopf.

Ihm fehlte gar nichts. Er war wunschlos glücklich …

Nach einer Dreiviertelstunde wurde Frau Hoppe energisch. Sie brachte ihm ein vorgewärmtes Badetuch.

»Jetzt aber raus, Max. Deine Haut ist schon völlig schrumpelig. Und das ganze Badezimmer dampft!«

»Rausgehen«, verlangte Max. »Vorher steig ich nicht aus der Wanne. Ich werde bald zwölf. Ich kann mich alleine abtrocknen.«

Frau Hoppe war fast ein bisschen beleidigt, denn früher hatte sich Max gerne nach dem Baden von ihr abrubbeln lassen.

Max wartete, bis sich die Tür geschlossen hatte, dann stand er auf, griff nach dem warmen Badetuch und stieg aus der Wanne.

Puh, das Badezimmer dampfte ja wirklich. Der Spiegel war so beschlagen, dass man gar nichts mehr erkennen konnte. Mit einem Zipfel des Badetuchs wischte er die Scheibe ab – und erschrak fürchterlich.

Denn statt seines eigenen Gesichts sah ihn ein Fremder aus dem Spiegel an.

»Na endlich«, sagte er und blickte von links nach rechts. »Wird auch Zeit, dass man wieder ein bisschen gucken kann.«

»Wer sind Sie?«, fragte Max verblüfft.

»Ach so. Entschuldigung, dass ich mich nicht vorgestellt habe. Ich dachte, du weißt noch, wer ich bin. Wir haben uns schon einmal gesehen, neulich, bei der Konferenz. Ich bin Hjalmar, einer von den zwölf Magiern und Magierinnen, die zum GRZ gehören.«

Max nickte. Der Mann, mit dem Hartriegel vorhin telefoniert hatte. Jetzt erinnerte sich Max auch wieder an das Gesicht.

»Tja, da habt ihr ja wirklich Großes geleistet, das muss ich schon sagen. Der Rat wird sich auch noch ganz offiziell bei euch bedanken. Übrigens sind eure beiden Freunde, Schuschu und Salabim, schon wieder frei. Ihr müsst euch also keine Sorgen mehr machen.« Hjalmar räusperte sich und machte eine kleine Pause. »Inzwischen hat uns deine Freundin ein paar interessante Anregungen gegeben. Sie behauptet, manche Gespenster würden sich im Park langweilen und wären deswegen unzufrieden. Und sie würden bestimmt immer wieder versuchen, auszubrechen.«

»Ja, das kann ich mir vorstellen«, bestätigte Max.

»Vielleicht hast du auch ein paar Ideen, wie man die Gespenster sinnvoll beschäftigten kann«, meinte Hjalmar. »Sophie hat schon vorgeschlagen, für die Raubritter eine echte Burg zu bauen. Die Steine könnte Zwurg herbeischaffen, das Graben macht ihm doch so viel Spaß. Man könnte den Gespenstern ein Gelände zur Verfügung stellen, das sie ganz nach ihren Wünschen gestalten können.«

Max gefiel der Plan. »Klingt gut. Tolle Idee von Sophie.«

»Euch kommen bestimmt noch mehr Einfälle, was man verbessern könnte«, sagte Hjalmar zuversichtlich.

»Ich werde darüber nachdenken«, versprach Max.

»Die Gespenster sollen es im Gespensterpark richtig gut haben.«
»Freut mich, dass du mitmachst. In der nächsten Zeit wird es für uns eine Menge Arbeit geben. Aber danach wird der Gespensterpark noch schöner und besser sein als vorher. Ach, übrigens – ihr müsstet so bald wie möglich die Zwitscher-Eicheln einsammeln. Einige sind sicherlich auch in den Schlosspark gefallen.«
»Ich werde Schuschu und Salabim fragen, ob sie uns dabei helfen«, sagte Max.
»Sehr gut.« Hjalmar nickte Max noch einmal kurz zu, dann verschwand das Gesicht. Gerade rechtzeitig, denn Frau Hoppe steckte den Kopf zur Tür herein.
»Hab ich mich getäuscht oder hast du eben mit jemanden geredet?«
»Nur Selbstgespräche«, schwindelte Max.
»Aber ich habe doch ganz deutlich eine fremde Männerstimme gehört«, behauptete die Mutter.
»Du hörst wahrscheinlich Gespenster, Mama«, sagte Max und grinste.